48pt로 읽는 아이

한울림스페셜

차례

흐릿한 삶

"엘리엇, 점심시간인데 너 어디 가?"

"도서관에."

"지금? 아직 점심도 안 먹었잖아."

"오늘 메뉴는 먹을 만한 게 없던데."

"그렇긴 하지. 하지만 오이는 냅킨에 싸서 버리고, 접시 가장자리에 묻은 닭 소스를 닦아 내면 그럭저럭 먹을 만은 할 거야."

"과연 그럴까?"

"그럼 5분만 기다려. 얼른 밥 먹고 올게. 같이 가자."

"아니야, 고맙지만… 나 혼자 해 보려고. 아빠가 보낸 메일을 확인만 하면 되는데 뭐."

"난 괜찮아. 너랑 같이 다니는 거 하나도 힘들지 않아."

"알아. 그래도 지금은 나 혼자 갈게."

"네가 정 그러고 싶다면야…."

나탕의 말투에는 불만스러운 기색이 역력했다. 나탕이 날 도와주고 싶어 하는 건 나도 잘 알고 있다. 하지만 지금은 혼자 있고 싶은 마음이 들었고, 또 도서관까지 나 혼자 갈 수 있는지 시험해 보고 싶기도 했다.

게다가 점심을 먹고 나면 우리 반 남자아이들은 거의 다 축구를 하러 간다. 나는 이제 더 이상은 축구하는 아이들 틈에 끼어 어울릴 수 없다. 나탕은 타고난 골키퍼다. 나 때문에 축구하는 즐거움을 누리지 못하다니, 그건 말도 안 되는 일이다.

나는 나탕에게 차분하게 말했다.

"금방 갔다 올 수 있을 거야. 그러고 나서 운동장에서 보자. 괜찮지?"

내 단짝 친구는 아무 대꾸도 하지 않았다. 일이 그렇게 되지 않으리라는 걸 우리 둘 다 잘 알고 있었다. 나는 더는 아무 말 하지 않고 얼른 자리를 떠났다.

나는 긴 복도를 지나 엘리베이터 앞에 도착했다. 엘리베이터 버튼을 누르는데 뒤에서 누군가 뭐라 하는 소리가 들렸다.

"엘리베이터 가지고 장난하는 거 아니야. 이 엘리베이터는 교사용이야."

돌아보지 않아도 누군지 알 수 있었다. 역사 선생님인 사라이 선생님이다. 내가 제일 싫어하는 선생님. 누가 흉내만 내도 소름이 끼칠 정도로 귀에 거슬리는 목소리였다. 나는 학기 초에 받은 통행증을 선생님에게 보여 주었다. 선생님은 그걸 한참이나 들여다보더니 말했다.

"미안하다, 엘리엇. 내가 몰랐구나…."

선생님한테서 지독한 땀 냄새가 나서 구역질이 났다. 교사용 엘리베이터를 몰래 타려고 한 말썽꾼 취급을 했던 게 민망했던지 사라이 선생님은 상냥한 선생님 노릇을 하려고 애를 썼다. 나에게 언뜻 웃어 보이기까지 했다.

"그래, 엘리엇. 중학교에 다녀 보니 어떠냐?"

"좋아요."

"역사는 어느 선생님이 담당하니?"

"마샬 선생님이요."

"아…."

사라이 선생님이 '아' 하는 소리를 들으며 웃음이 터져 나오려는 걸 겨우 참았다. 분명 선생님의 입꼬리는 아래로 처져 있을 것이다. 안 봐도 훤히 알 수 있다. 그건 불만스러운 걸 꾹 참고 억지로 미소를 지을 때 나오는 표정이다. 사라이 선생님은 학교에서 가장 예쁜 마샬 선생님을 미워한다. 학교 안에서 그걸 모르는 사람은 단 한 명도 없다. 마샬 선생님은 하늘하늘한 원피스를 즐겨 입었고 항상 살짝 미소를 머금고 있었다. 그리고 늘 자스민 향기가 났다.

다행히 엘리베이터가 도착했다. 늙은 곰이랑은 이제 더 이상 이야기를 나누지 않아도 된다. 나는 오른손으로 문을 더듬었고, 부딪히지 않고 곧장 엘리베이터 안으로 들어갈 수 있었다.

언제나 그렇듯이 도서관은 부산스러웠다. 예쁜 시장에 와 있는 느낌이 드는 부산스러움이었다. 선생님이 올 때까지 기다리면서 교실에서 아이들이 제멋대로 난동을 부리는, 그런 견디기 어려운 무질서가 아니었다. 어른이 한 사람 있기는 하지만, 그가 그렇게 엄격하지는 않다는 걸 모두가 알고 있는 그런 분위기랄까.

사서 선생님인 스타바 선생님이 지난 11월에 온 뒤로 도서관이 전보다 소란스러워졌다는 건 도서관에 오는 일이 거의 없는 나조차도 느끼고 있었다. 스타바 선생님은 말수가 없고 기이한 느낌을 주는 사람이었다. 아이들을 바라보고 있는 것 같지만 사실은 보고 있지 않았고, 아이들이 와글와글 떠드는 소리를 듣고 있는 것처럼 보이지만 사실은 듣고 있지 않았다. 선생님은 그냥 그 자리에 있었다. 그뿐이었다. 어디에 있든, 누구를 만나든 선생님은 늘 다른 먼 데 가 있는 듯한 분위기를 풍겼다. 그래서 몇몇 아이들은 선생님을 '꼬마 유령 캐스퍼'라고 불렀다.

나는 스타바 선생님에게 갔다.

"선생님, 안녕하세요?"

“응, 어서 오렴.”

순간 엄청난 슬픔이 내게 몰려오는 느낌이 들었다. 요즘 들어 누군가 곁에 있을 때 나도 모르게 여러 가지 감정에 사로잡히게 되는 일이 점점 더 많아지고 있다. 아빠는 내가 와이파이 상태가 된 거라고 했다.

일단 숨을 크게 한 번 쉰 다음 내가 물었다.

“컴퓨터로 인터넷에 접속을 할 수 있을까요? 국어 수업 시간에 쓸 자료를 다운받아야 해서요.”

“7번 자리로 가렴. 연결되어 있어. 자료를 프린트할 거니?”

“네, 20페이지 가량 될 거예요. 충전 카드가 있어요.”

“그래, 잘됐구나. 그럼 가 봐.”

그동안 스타바 선생님을 몇 차례 만나면서 깜짝 놀란 게 한 가지 있다. 선생님은 늘 지구에서 몇 광년은 떨어져 있는 것처럼 보이지만, 뭔가 물어보면 아주 자세히 대답해 준다는 거다.

나는 컴퓨터 앞에 앉아 커다란 돋보기를 꺼냈다. 언제부터인가 내가 아쿠아리움의 물고기처럼 모니터 화면에

다 얼굴을 바짝 들이대고 있는 모습을 다른 아이들이 봐도 아무렇지 않아졌다. 어차피 그게 나랑 무슨 상관이람? 얼마 안 있으면 나를 쳐다보는 얼굴들이 아예 보이지도 않게 될 텐데. 그때가 되면 아이들이 소곤거리는 소리만 듣게 될 것이다.

"재는 뭘 들고 있는 거냐? 돋보기 아냐?"

"응, 초등학교 3학년 때 눈에 아주 심각한 병이 생겼대. 점점 시력이 나빠져서 아주 안 보이게 되는 병이라나 봐. 저러고 있는 걸 보니 아예 보이지 않게 될 날이 머지않았나 보네."

"아, 정말 끔찍한 일이다. 나라면 못 견딜 것 같아."

나 참, 그럼 난 견딜 수 있고? 왜 그렇게 생각하는데?

나는 인터넷 홈페이지에 접속한 다음 메일함을 열었다. 지금쯤이면 아빠가 글자 크기를 크게 키운 텍스트를 보냈을 것이다. 아빠는 요즘 일이 많아서 엄청 바쁘다. 그걸 나도 잘 안다. 그런데도 밤 9시가 넘어서 집에 돌아

온 아빠가 시간이 없어서 《오디세이아》 2권을 큰 글자 텍스트로 만들지 못했다고 말했을 때, 난 아빠한테 마구 소리를 지르며 화를 냈다. 국어 수업을 들으려면 그게 꼭 있어야 하는데. 48포인트로 글자 크기를 키운 텍스트가 없으면 나는 한 글자도 읽을 수가 없다.

"미안하다, 엘리엇. 어쩔 수가 없었어. 오늘은 일이 많아서 머리가 돌 지경이었거든. 사장이 하루 종일 나를 들들 볶아 댔단다."

"그럼 지금 해 주세요."

"아빠가 지금은 피곤해 죽을 지경이야. 오전 6시부터 줄곧 서 있었거든. 게다가 아직 저녁도 못 먹었단다. 국어 수업이 내일 몇 시에 있냐?"

"점심시간 지나서 1시 25분에 시작해요."

"그러면… 내가 내일 사무실에 가서 낮 12시에 메일로 보내 줄게. 싫은 표정 하지 마라. 도서관에서 인터넷 할 수 있지?"

"네, 하지만 수업 시작하기 전에 읽어 볼 시간은 있어야 해요. 선생님이 내용을 물어보신단 말예요."

"아, 그렇구나. 좋아, 그럼 지금 해 줄게."

그때 그라탱 접시를 들고 거실로 온 엄마가 아빠에게 물었다.

"이 시간에 뭘 해야 한다는 거야?"

아빠가 얼른 둘러댔다.

"뭐긴 뭐야. 당신이 손수 만든 라자냐를 먹을 거라는 말이지."

엄마가 뒤돌아서 부엌으로 돌아가자, 아빠는 내 귀에 대고 속삭였다.

"쉿! 내가 큰 글자로 텍스트를 만들어 준다는 얘기는 절대로 하지 마라. 엄마가 또 쓸데없이 걱정할 테니까. 얼른 먹어 치우고 바로 만들어 주마."

나는 걱정한다는 말에 약하다.

나와 관련된 아주 작은 문제라도 생기면 엄마는 극도로 스트레스를 받는다. 3만6천 개도 넘을 것 같은 질문을 속사포처럼 쏟아 놓고는 이유 없이 방 안을 왔다 갔다 한다. 그러다 갑자기 갈라진 목소리로 울먹이며 얼른 방으로 들어가 버린다.

엄마가 원래 이렇지는 않았다.

내가 어렸을 때 엄마는 정말로 재미있는 사람이었다. 내 기억에, 엄마는 툭하면 파티를 열었다. 시장에서 그해 처음 나온 딸기를 사면 딸기 파티를 열었다. 딸기를 세 상자나 사 와서 잘 씻은 다음, 꼭지를 따서 플라스틱 컵에 담았고, 친척들을 모두 초대해 함께 딸기를 먹었다.

아침에 일어나자마자 파란 하늘을 보게 되는 날이면 엄마는 파란색을 오늘의 색깔로 정했다고 선언했다. 그날 우리는 라벤더색 옷을 입었고, 엄마는 짙푸른 빛깔이 나는 요리를 했다. 그리고 그날은 어떻게든 파란색과 관련된 단어를 많이 말해야 했다.

'리우 카니발' 파티도 생각난다. 살사 춤을 추고, 칵테일을 마시고, 가면을 만드는 파티였다. '뽑으면 그게 운명이 되는 거야'라는 여행도 있었다. 차로 달릴 도로 번호와 다닐 거리 등 여행 일정과 관련된 모든 사항을 제비뽑기로 정하는 여행이다. 즉 목적지를 제비뽑기로 정하고 여행을 가는 것이다. 한 달에 한 번 하는 '내 맘대로 골라 먹기' 식사도 있었다. 각자 자기 바구니에 자신이 먹고 싶은 것만 담아 오면 되는데, 나는 항상 누텔라와 딸기 사탕, 감자튀김과 초콜릿 무스를 먹었다.

그러니까 예전에 엄마는 아주 유쾌한 사람이었다.

그런데 어느 날 내가 안과 검사를 받았고, 병이 있다는 진단을 받았다. 엄마는 내 병을 믿지 않았다. 그래서 나는 여러 의사를 찾아다니며 다시 검사를 받아야 했다.

엄마는 오진일 거라고, 내가 앞을 보지 못한다는 건 있을 수 없는 일이라고 굳게 믿었다. 그래서 계속 다른 검사를 받아 보자고 했다. 아빠는 파리에 있는 병원에서 제일 권위가 있다는 안과 의사에게 진료 예약을 했다.

우리는 아발롱에서 기차를 탔다.

엄마가 장난감 가게에서 아주 커다란 빨간 테 안경을 샀던 기억이 난다. 그건 커다란 코와 가짜 콧수염이 달린 안경이었다. 열차를 기다리면서 아빠가 어릿광대짓은 그만두라고 하자, 엄마가 웃으면서 대답했다.

"이건 예의의 문제야. 권위 있는 의사들은 모두 어릿광대 노릇을 하거든. 그 사람들이 자기들만 어릿광대라고 느끼면 안쓰럽잖아. 의사들이 외롭지 않았으면 좋겠어서 이러는 거야."

엄마는 계속 우겼고, 결국 피에로 안경을 쓰고 진료실에 들어갔다. 의사는 엄마를 보고 웃더니 자기 주머니에서 플라스틱으로 된 빨간 코를 꺼냈다. 그러고는 어린 환자를 진찰할 때는 의사인 것보다는 어릿광대인 게 훨씬 도움이 되기 때문에 빨간 코를 꼭 가지고 다닌다고 털어놓았다.

그래서 엄마는 처음으로 의사의 말을 주의 깊게 들을 마음이 생겼다. 그리고 나는 엄마의 가짜 안경 너머로 진짜 눈물이 흐르는 걸 보았다.

그때 난 열 살이었고, 빨간 코 아저씨는 내 병은 치료할 방법이 없다고 차근차근 설명해 주었다. 서서히 시력을 잃게 되겠지만, 앞으로 몇 년 동안은 희미하게나마 어느 정도 볼 수 있을 거라고 했다. 그러고는 덧붙여 말했다.

"의사로서 솔직하게 말해 주고 싶구나. 그래, 시력을 완전히 잃는다는 건 괴로운 일이란다. 네 삶도 그렇고,

네 부모님의 삶도 그렇고 많은 게 바뀔 거야. 그렇긴 해도 내가 사람들의 아픈 눈을 평생 치료해 오면서 깨닫게 된 게 하나 있단다. 그건 바로 '마음으로 봐야 잘 보인다. 가장 중요한 건 눈에 보이지 않는다'는 거야. 나중을 위해서 네 시력이 심하게 나빠지기 전에 준비해야 할 일이 많단다. 루이 브라이는 아주 어린아이였을 때 사고로 시력을 완전히 잃었지. 그는 어른이 되어서 눈이 보이지 않아도 읽을 수 있는 점자를 만들었어. 너도 손가락으로 글을 읽을 수 있도록 하루 빨리 점자 수업을 받으렴."

"손가락으로 읽는다고요?"

"그렇단다. 점자는 튀어나온 점으로 되어 있지. 책이 피아노가 되는 거야. 손가락으로 연주를 하는 거지. 점자를 배우면 밤에 네 엄마, 아빠가 불을 끈다고 해도 책을 계속 읽을 수 있다는 장점이 있어."

나는 의사 선생님을 보며 웃었다. 의사 선생님은 빨간 코를 나에게 주었다.

"6개월 뒤에 만나자. 그러니까 이제부터 우리가 6개월마다 보게 된다는 얘기야. 그리고 다음 진료부터는 부모

님이 대기실에서 기다렸으면 좋겠다는 생각이 들면 말만 하렴. 그래도 된단다."

기차를 타고 돌아오는 길에 엄마는 한 마디도 하지 않았다. 엄마는 가짜 안경을 근처에 있던 쓰레기통에 던져 버렸다. 그 뒤로 엄마는 파티를 할 궁리는 절대로 하지 않았다.

더 이상 '딸기 파티'도, '내 맘대로 골라 먹기' 식사도 없었다. 그 뒤로는 단 한 번도….

거의 4년을 우리는 그렇게 살아왔다.

비밀번호를 여러 번 다시 치고 난 다음에야 겨우 정확한 번호를 입력할 수 있었다. 드디어 메일함이 열렸고, 곧바로 모니터 화면에 '새 메시지가 도착했습니다.'라는 글자가 떴다. 나는 새 메시지를 클릭했다. 약속대로 아빠가 보낸 메일이었다.

파일을 다운받아 프린트했다. 화덕에서 방금 꺼낸 크루아상처럼 따끈한 종이 25장이 프린터에서 나왔다.

그걸 읽기 위해 나는 구석 자리로 갔다.

이제는 글자 크기를 48포인트로 크게 해도 읽기가 쉽지 않다. 종이에다 눈을 바짝 붙이고 한 글자 한 글자 읽어야 한다. 한 글자를 겨우 읽고 나면, 앞에 읽었던 글자가 기억나지 않을 때가 너무 많다. 그렇게 글자를 읽고 있으면 머리가 지끈지끈 아파 오는 건 말할 필요도 없다. 책 읽는 게 금세 끔찍하게 힘든 일이 되어 버린다. 생각해 보니, 나는 초등학교 1학년 때 누구보다 먼저 책을 읽을 줄 알았고, 책 읽는 걸 아주 좋아했다. 이런 생각을 하니 기분이 우울해졌다.

자기 어머니를 지키려 안간힘을 쓰고 있는 불쌍한 텔레마코스에게 사악한 구혼자 안티노오스가 대답하는 부분을 이해하는 데 거의 10분이 걸렸다. 그때 누군가 나를 유심히 지켜보고 있다는 느낌이 들었다.

그건 스타바 선생님의 그림자였다. 선생님은 멀찌감치 서서 나를 바라보고 있었다. 난 선생님이 뭐라고 말을 건네기를 기다렸다. 책을 읽을 때마다 나 스스로도 내가 글자에 눈을 바짝 들이대고 한 글자씩 읽는 행동에 깜짝 놀라곤 한다. 그러니 다른 사람들은 오죽할까. 안경을 쓰고 있지 않아서 겉으로 보기에 내 눈은 아무 문제가 없어 보인다. 그래서 사람들은 내가 바보 같은 장난을 한다고 생각한다. 게다가 스타바 선생님은 내가 읽을거리를 손에 들고 있는 걸 한 번도 본 적이 없었다. 내가 도서관에 오는 일은 아주 드물었다. 그나마도 어쩌다 한 번 도서관에 올 때는 나탕과 반 친구들과 함께였다. 괜찮은 여자아이들이 있는지 탐색하러 오는 거였다. 어쨌거나 탐색은 나탕과 친구들 몫이었고, 나는 주로 소리만 들었다.

내 시력이 형편없이 나빠진 뒤부터 나탕은 눈에 보이는 건 뭐든 닥치는 대로 말로 표현하는 버릇이 생겼다. 나한테 직접 말해 주는 게 아니라 혼잣말처럼 하니까 아주 이상해 보인다. 나탕은 그런 식으로 나를 배려할 줄 알 만큼 아주 섬세한 구석이 있다. 나탕은 아주 작게 혼잣말을 하는 것처럼 굴었다. 말하자면 이런 식이다. "아, 오른쪽 대박이야. 내가 완전 좋아하는 스타일. 금발 머리에 눈동자는 까맣고 몸매가 예뻐. 그런데 쟤 친구는 다랑어과야. 몸집이 크고 갈색 머리에다가 비쩍 마른 게 영화 〈아담스 패밀리〉에 나오는 애 같아. 앗, 그 녀석도 왔는데. 솔랄 말이야. 너무나 훌륭하게 위선적인 우리 반 친구. 여자애들을 단번에 확 낚으러 돌아다니는 중이야. 자기가 갈퀴인 줄 안다니까." 나탕은 눈에 보이는 모든 걸 이야기하고, 나는 시침 뚝 떼고 듣는 식이다. 그러니 도서관 사서 선생님이 내 눈에 문제가 있다고는 상상도 못 했을 거다.

하지만 종이를 거의 눈에 딱 붙이고 있는 나를 본 다음에야 더 이상 모를 수가 없다.

내 눈이 잘 보이지 않는다는 걸 사람들이 알아채는 순간이 나는 싫다. 갑자기 말을 걸어오는 사람들의 말투가 나는 견디기 어렵다. 거짓 친절함은 모욕이다. 거짓 친절함은 나를 진짜 장애인으로 만들어 버린다.

그래도 이런 말이라도 거는 사람들은 무턱대고 나를 마주 대하는 과감함이라도 있다. 최악은 따로 있다. 바로 내가 무슨 전염병 환자라도 되는 것처럼 무서워하는 사람들이다. 겁먹은 그들의 시선을 굳이 보려고 하지는 않지만, 그 시선이 고스란히 느껴진다. 나는 덫에 걸린 짐승들이 흥분 상태에서 내뿜는 암모니아 냄새를 맡는다.

스타바 선생님은 아무것도 하지 않았다. 그저 선생님의 숨결이 내 뺨에 느껴질 만큼 아주 가까이 다가왔다가 순식간에 사라져 버렸다. 바닥에 슬리퍼 끌리는 소리조차 들리지 않았는데 말이다. 몇 분 후에 다시 나타난 선생님이 내 옆에 앉았다. 잠시 후에 선생님의 맑고 거침없는 목소리가 들렸다.

"텔레마코스여, 큰소리치는 자여! 어찌하여 우리에게 허물을 돌리는가? 그대의 어머니가 우리 아카이오이족의 마음을 속인 지 벌써 2년이 지나고 3년이 되어 가고 있네. 모든 사람에게 희망을 주고, 각자에게 약속을 하고, 전갈을 보내면서 말일세. 자네 어머니는 계략을 하나 생각해 냈었지. 넓고 고운 베를 짜기 위한 큼직한 베틀을 자기 방에 들여놓고는 우리에게 시아버지 라에르테스의 수의를 짠다고 주장했네. 하지만 밤이 되면 짰던 베를 풀었지. 그렇게 무려 3년 동안이나 우리를 속였다네. 이 사실은 그렇게 한 지 4년 만에야 하녀에 의해 들통이 났네. 자네는 구혼자들의 요구를 들어주게나. 자네 어머니를

친정으로 돌려보내 그녀의 아버지가 정해 주는 자, 그리고 그녀 자신의 마음에 드는 자와 결혼하도록 하게나. 자네 어머니가 계속해서 아카이오이족의 아들들을 괴롭힌다면, 그리고 아카이오이족 여인들은 어느 누구도 알지 못하는 교활한 계략을 생각해 내어 오래도록 마음속에 품고 있다면, 우리는 그대의 살림과 재물을 먹어 치울 것이네. 자네의 어머니가 우리 중 한 사람을 선택해 결혼하기 전까지 우리는 집으로 돌아가지 않을 것이네."

선생님은 나한테 물어보지도 않고 정확히 내가 읽다가 멈춘 부분부터 읽기 시작했다. 어떻게 알았을까? 그리고 왜 내게 책을 읽어 주었을까?

나는 선생님에게 아무것도 물어보지 않았다. 아마도 어떻게든 선한 일을 많이 하려고 애를 쓰고, 그 행동을 은연중에 다른 사람에게 은근슬쩍 말하는 스타일인 게 분명했다. 그렇지만 내가 고맙다고 인사하기를 기대하고 있는 것 같지는 않았다.

어쨌든 나는 듣고 있었다. 그게 나한테 도움이 되는 일이었으니까. 프랑스어 수업이 시작되기 전까지 텔레마코스가 모든 일을 혼자서 어떻게 해결해 나가는지 알고 있어야 했다. 텔레마코스는 너무 어려서 무기를 들고 싸울 수도 없었다.

선생님은 근엄한 목소리로 늙은 영웅 할리테르세스가 예언하는 부분을 읽고 있었다. 할리테르세스는 새가 나는 모양을 보고 신의 뜻을 알아내는 특별한 능력이 있었다. 그런데 마침 제우스가 독수리 두 마리를 날려 보냈던 것이다. 독수리들은 나란히 하늘 위를 날더니 오른쪽으로 쏜살같이 날아가 버렸다. 그건 아주 나쁜 징조였다.

"이타케인들이여, 내 말을 들으시오. 특히 구혼자들은 잘 들으시오. 당신들에게 큰 재앙이 몰려오고 있기 때문이오. 오디세우스는 더 이상 그의 가족들과 떨어져 있지 않을 것이오. 그는 가까이에 있소. 그는 적들을 상대로 죽음과 살육을 준비하고 있을 것이오. 다른 많은 사람에게도 재앙이 덮칠 것이오. 이타케에 사는 우리들 중에도 재앙을 당할 자가 있다는 말이오. 장담하건대, 이 모든 일이 이루어지려 하고 있소."

예스!!! 어쨌든 정의가 있었다. 이 비열한 구혼자들은 뻔뻔스럽게 뭐라고 대답할까?

뭐라고 대답했는지 알 수 없었다. 수업 종이 울렸다.

아쉽다. 조금만 더 읽으면 다음에 어떻게 되는지 알 수 있을 텐데. 나는 서둘러 일어섰다. 스타바 선생님에게 아무 말도 하지 않고 이곳을 떠나고 싶었다. 나를 도와준 걸 계기로 선생님은 내 눈에 대해 백 가지도 넘는 질문을 퍼부어 댈 것이고, 나는 어쩔 수 없이 고분고분 대답해 줘야 하는 처지가 되어 버렸다. 그렇게 될 게 뻔하다.

그런데 웬걸, 그건 전혀 쓸데없는 걱정이었다. 나에게 책을 읽어 준 사람은 이미 어디론가 가 버렸다. 날아가 버리기라도 한 것처럼 순식간에 사라져 버렸다. 마치 선생님도 나랑 말을 주고받는 게 무척 곤란하다는 듯이. 이유가 어떻든 나로서는 잘된 일이었다. 나는 한동안은 도서관 근처엔 얼씬도 하지 않을 생각이다. 그러는 동안에 스타바 선생님은 나를 까맣게 잊어버릴 것이다.

나는 가방을 집어 들고는 뒤도 돌아보지 않고 도서관을 나왔다.

나탕은 교실 앞에 꼼짝 않고 서서 나를 기다리고 있었다. 나탕이 물었다.

"지금까지 어디 있었던 거야?"

다급한 말투로 보아 걱정을 많이 했던 모양이다. 나는 아무 일 없다는 듯 침착하게 대답했다.

"도서관에 간다고 말했잖아."

"지금까지 계속 거기 있었다는 말이야?"

가끔은 내가 좋아하는 사람들이 나한테 기울이는 관심이 갑갑하게 느껴질 때가 있다. 내 친구들을 보면, 아이들은 대체로 자신들이 여느 사람들과는 다르다는 걸 드러내고 싶어 하고, 모두의 관심을 받고 싶어 한다. 그런데 나는 내 눈에 문제가 생긴 이후로는 내가 다른 사람들과 똑같다는 걸 알아주었으면 좋겠다는 생각을 한다.

어쨌든 나는 나탕에게 설명했다.

"《오디세우스》 2권을 프린트해서 읽느라고 그랬어."

"아, 맞다. 프랑스어 숙제가 있었지? 깜빡했네."

나탕은 나한테 얼른 요약해서 알려 달라고 했다. 나는 기꺼이 그럴 생각이 있었다. 나는 늙은 예언자가 한 말을 통째로 외우고 있었다.

책을 읽어 오지 않은 테오와 야니도 와서 같이 들었다.

"정말 잘됐어. 덕분에 내용을 완전히 알게 된 데다 힘들게 책을 읽지 않아도…."

나탕은 말을 끝마치지 못했다. 프랑스어 선생님이 교실 문을 열 때면 어김없이 들리는 팔찌 소리가 바로 그 순간 들렸기 때문이다.

나탕이 속삭였다.

"선생님이 내가 한 말을 들었을까?"

"나야 모르지."

나는 맨 앞줄에 있는 내 자리로 가서 앉았다. 나는 교실로 뛰어 들어가지 않는 유일한 학생이다. 내 자리는 교탁 바로 앞에 있다. 아이들 모두 허둥지둥 자기 자리를 찾아 앉느라 바쁘다. 나는 교탁 바로 앞자리에 앉는다. 좀 우스꽝스러운 자리 배치이다.

이런 기발한 생각은 아버지 머리에서 나온 것이다. 새 학년이 시작될 무렵 내 시력은 더 나빠졌고, 칠판에 있는 글씨가 하나도 보이지 않게 되었다. 그래서 아빠는 자신이 만든 걸 설치할 수 있게 허가해 달라고 학교에 요청했다. 아빠는 엔지니어이다. 그래서 뭐든 쉽게 만들어 낸다. 아빠는 칠판에 선생님이 쓰는 글자를 촬영하는 카메라를 달고 그걸 내 노트북에서 크게 확대해서 볼 수 있는 장치를 만들었다. 대단한 아이디어였다. 내가 맨 앞자리에 앉아 있어야 한다는 것만 빼면 말이다.

아빠는 이 장치가 제대로 작동하는 걸 보고는 뛸 듯이 기뻐했다. 아빠는 같은 말을 하고 또 했다.

"우린 시간을 이긴 거야. 넌 여전히 다른 아이들처럼 수업을 받을 수 있어."

동갑인 친구들과 일반 학교에 다니는 게 나는 좋다. 아빠도 그 점을 만족스러워 한다. 다만 아빠를 보고 있으면 나의 병과 시간이라는 적과 싸워 땅을 빼앗는 전쟁을 하고 있는 것처럼 보인다. 그러니까 아빠는 내가 눈이 잘

안 보여서 부딪치게 되는 장벽을 극복할 방법을 항상 찾고 있는 중이다. 작년에 있었던 일이 떠오른다. 어느 날 나는 더 이상 내 노트에 있는 선이 보이지 않는다는 사실을 알게 되었다. 푸르스름한 행간이 사라진 지는 이미 오래였다. 하지만 커다란 줄은 적어도 어렴풋하게나마 보여서 기준이 되어 주었는데, 그것조차 보이지 않게 되자 나는 의기소침해지고 말았다.

그런 사실을 엄마, 아빠에게 말하고 싶지 않았다. 그러면 엄마는 20초도 안 되는 시간 동안 150개쯤 질문을 퍼붓고는 아무 핑계나 대며 방에서 나가 버릴 게 분명했다. 그에 반해 아빠는 이걸 새로운 세기적인 도전으로 받아들이고는 목숨을 걸겠다는 비장한 각오로 위대한 해결책을 찾으려 할 것이다.

하지만 올 것이 오고야 말았다. 내가 노트의 선이 보이지 않는다는 사실을 간신히 말하자, 엄마는 곧 쓰러질 듯 위태롭게 도는 팽이처럼 몸을 심하게 떨다가 사라져 버렸다. 아빠는 부르짖었다.

"그래, 문구점에서 파는 노트가 너한테 안 맞으면 새로운 노트를 만들어 내면 되지. 우린 그런 거 가지고 눈도 깜짝 하지 않아."

아빠는 그날 밤 선이 아주 선명한 새로운 노트를 만들었다.

내가 자려고 불을 끄려는데 아빠가 내 방으로 들어오더니 자신이 만든 걸작을 자랑스럽게 보여 주었다.

"내가 만든 걸 좀 보렴. 이제 인쇄소를 찾는 일만 남은 거야. 그거야 뭐 식은 죽 먹기지."

나는 아빠가 만든 노트를 보고 감탄했다. 하지만 솔직히 말하면, 아빠의 끊임없는 열정은 나를 지치게 했다. 가끔은 차라리 아빠가 엄마처럼 펑펑 울기라도 했으면 좋겠다는 생각이 들었다.

쉴탄 선생님은 평소처럼 명언을 하나 들려주는 것으로 수업을 시작했다. 선생님은 매주 우리에게 위대한 작가의 짧은 문장 하나를 읽게 하고, 우리가 제대로 이해했는지 알아보기 위해 질문을 한다. 오늘은 보리스 비앙(1920~1959, 프랑스의 작가이자 시인, 음악가, 비평가)의 "산을 넘어가는 게 훨씬 간단한 일인데, 산을 들어 올리는 게 무슨 소용일까?"라는 글귀였다.

샤나가 웃음을 터뜨렸다. 선생님이 샤나에게 물었다.

"왜 웃는 거냐?"

"모르겠어요…. 그냥 글 자체가 너무 이상해요."

"아, 그래? 그럼 어떤 점이 이상하다고 생각하는지 한 번 설명해 봐."

"그게…, 그러니까 왜 산이 어쩌고저쩌고 하는 거죠? 저 말을 한 사람은 만화영화에 나오는 땋은 머리 계집애랑 비슷한 환경에서 살았나요? 왜 있잖아요, 그 계집애 이름이 뭐더라…? 아, 맞다, 알프스 소녀 하이디."

"샤나, 언어 선택을 제대로 했으면 좋겠구나. '이 남자는 만화영화에 나오는 머리를 땋은 여자아이처럼 산꼭대기에서 살았나요? 그 여자아이의 이름은 뭔가요? 아, 그래요. 하이디였어요.' 이렇게 말했으면 좋겠다."

"선생님은 정말로 제가 그렇게 말하기를 바라세요?"

"그래."

"저더러 무슨 프랑스의 왕비나 된 것처럼 말하라는 거

예요?"

"프랑스 왕비처럼 말하라는 게 아니라, 중학교 1학년 학생답게 말하라는 거다. 문법에 신경을 써서…."

반 아이들이 와아 하고 크게 웃었다. 선생님은 계속해서 말했다.

샤나가 작게 투덜대는 소리가 들렸다.

"그렇게 말하면 애들이 놀린단 말이에요."

선생님은 그 말에 대꾸하지 않고 아이들이 명언의 의미를 이해하게 하려고 애를 썼다.

"문장을 곧이곧대로 해석하지 마라. 보리스 비앙은 단어를 본래의 의미 그대로 쓰지 않았어. '산을 들어 올린다'는 것과 '산을 넘어간다'는 건 뭘 비유한 걸까?"

샤나는 붕어처럼 입을 꾹 다물고 있었다. 쉴탄 선생님의 말투가 상냥해지는 걸 보니 에스페랑스가 손을 들었나 보다.

"에스페랑스, 네 생각을 말해 보렴."

"네, 제 생각엔, 때로는 초인적인 노력을 한다는 것은 무의미하며, 그냥 장애물을 넘어가는 것이 더 낫다는 말

같아요."

쉴탄 선생님이 박수를 쳤다. 샤나는 울음을 터뜨렸다. 시골의 예쁜 집에서 살면서도 도시에서 살고 있는 것처럼 보이고 싶어 하는 여자들이 낼 법한 울음소리였다.

"저 말을 한 사람이 힘 센 남자에 대해 얘기를 한 건가요? 산이 들어간 구절에서요? 네? 그럼 에스페랑스가 암호 해독기라도 가지고 있다는 거예요, 뭐예요?"

샤나가 항의했지만 선생님은 웃으면서 대답했다.

"암호 해독기가 아니라 아주 잘 들을 줄 아는 귀를 가지고 있는 거지."

그건 확실한 것 같다. 에스페랑스는 다른 여자아이들과는 좀 다르다. 말수가 없고 혼자 있는 일이 많다. 복도에 있을 때도 에스페랑스는 내 눈에 잘 보인다. 혼혈이라 피부색이 진해서 다른 아이들에 비해 두드러져 보인다. 아이들 말로는, 에스페랑스의 어머니는 십몇 년 전에 끔찍한 살육이 벌어졌던 아프리카의 어느 나라에서 왔다고 한다. 하지만 에스페랑스는 그런 이야기를 절대 하지 않는다.

수업 시간을 단 일 분도 허투루 보낼 생각이 없었던 쉴탄 선생님이 강한 어조로 외쳤다.

"이제 노트를 꺼내고 《오디세이아》를 펼쳐라."

나탕이 소곤거렸다.

"네가 아까 구혼자들의 죽음을 예언했던 그 남자 이름이 뭐라고 했었지?"

미처 대답해 줄 시간이 없었다. 나탕은 선생님이 자신에게 할 질문을 내게 물어본 꼴이 되고 말았다.

"나탕, 넌 구혼자들의 운명이 어떻게 될지에 대해 아주 관심이 많은 것 같구나. 그럼 한 번 텔레마코스한테 어떤 일이 일어났는지 얘기해 봐라."

선생님 귀에는 수중 음파 탐지기가 달려 있는 게 분명하다. 내 친구가 아주 작게 속삭인 말을 어떻게 들을 수 있었는지 아무래도 모르겠다. 나탕은 당황한 기색 없이 이야기를 시작했다.

처음에는 모든 게 술술 풀렸다. 나탕은 내가 해 줬던 이야기를 잘 기억하고 있었다. 그런데 이야기를 하는 동안 어느새 기억이 다 날아가 버렸다.

"그래서 구혼자인 팡타클로가 텔레마코스에게 말했어요. 네 엄마가 낮에는 남편이 입을 스웨터를 짜고 밤에는 그 옷을 다시 풀어서 우리를 조롱했어. 더 이상 그런 식으로 시간을 끌 수는 없어. 네 엄마를 집에서 내보내서 우리 중 한 사람이랑 결혼할 수 있도록 해야 해. 네 엄마가 선택을 하지 않는다면 우리가 찬장이랑 냉장고에 있는 걸 다 먹어 버릴 것이다, 이렇게요."

선생님이 웃었다.

"냉장고에 있는 걸 다 먹어 버리겠다고 말했다고? 정말 그랬단 말이니?"

나는 나탕의 정강이를 발로 찼다. 나탕은 고대 그리스에 냉장고가 말이 안 된다는 걸 알아차리고는 서둘러 자기 실수를 만회하려고 했다.

"제가 냉장고라고 말한 건 모두가 잘 이해하라고 그런 거예요. 그런데…, 어…, 아마 텔레마코스의 엄마는 자기 물건들을 냉장고 말고 다른 데다 두었을 거예요."

"좋아. 수업을 계속하기 전에 네가 한 말을 좀 정리해야겠다. 구혼자들 중 우두머리 노릇을 하는 사람의 이름을 정확하게 말해 줄 사람 없니?"

아무도 손을 들지 않았다. 선생님은 한숨을 내쉬었다.

"나탕은 그 사람 이름이 팡타클로라고 했어. 꽤 멋진 이름을 지어내긴 했다만, 정확한 이름은 아니야. 누구 말해 줄 사람 없어?"

모두가 조용히 입을 다물고 있었다. 선생님의 짜증이 폭발하는 순간이 바야흐로 닥쳐오고 있었다. 나는 선생님들에게 그런 순간이 오는 걸 곧잘 알아차리곤 했다. 선생님이 던지는 숙제 내용에 관한 질문에 몇몇 학생이 대답을 잘하면 모든 게 문제없이 풀린다. 그러면 선생님들은 대부분의 아이들이 숙제를 해 오지 않았다는 걸 모르고 넘어간다. 하지만 아무도 손을 들지 않으면 그때는 대부분의 학생이 숙제를 하지 않았다고 의심하게 마련이다. 그런 순간이 오면, 선생님들이 자기 기분을 잘 다스리고 인내심을 발휘할 수 있으리라는 기대는 일찌감치 접는 게 좋다.

나는 그런 일이 일어나는 걸 원치 않았다. 그래서 내가 희생하기로 했다.

“가장 과격한 구혼자는 안티노오스입니다. 그는 페넬로페가 그들 중 한 사람을 남편으로 선택하지 않는다면 오디세우스의 궁전에 있는 식량과 재물을 거덜 내겠다고 협박했어요.”

“방금 전에 너의 가장 친한 친구가 누가 입을 스웨터를 짜고 있다고 말했니?”

“나탕은 스웨터를 짜고 있다고 말했지만, 그건 틀림없이 베를 짜고 있다는 의미였을 거예요.”

나탕은 자기가 나서서 한 마디 해야 한다고 생각했다.

“네, 맞아요. 베를 짜고 있었어요. 뭘 만들려고 했냐면요….”

나는 나탕이 계속 말을 하지 못하게 하려고 다시 나탕의 발을 찼다. 캠핑 텐트를 만들 베를 짰다는 둥, 이불 커버를 만들 베를 짰다는 둥 하며 또다시 말도 안 되는 이야기를 지어낼 것 같았다. 그랬다가는 대참사가 벌어질 게 분명하다. 그렇게 되면 선생님에게는 화를 낼 확실한 이유가 생기는 것이고, 결국 우리는 모두 수업 시간 내내 험악한 분위기 속에 종이만 긁어 대게 될 것이다.

"…… 시아버지인 라에르테스의 수의를 만들 베를 짠 거예요."

내가 대답했다. 그런데 내가 그렇게 발을 세게 걷어찼는데도 나탕은 말을 멈추지 않았다. 어떤 기적이 일어나야 나탕이 제대로 된 대답을 할 수 있을지 알 수 없는 상황이었다. 나탕이 나하고 딱 붙어 앉아 있었기 때문에, 깜짝 놀란 내 표정을 보고 만족스러운 미소를 짓는 나탕의 얼굴이 내 눈에도 확실히 보였다. 나탕은 배짱 좋게 이렇게 소곤거리기까지 했다.

"나 좀 기똥차게 잘 넘어가지 않았냐?"

그 말은 《오디세이아》에 나오는 등장인물이 스웨터를 뜬다고 하고, 그 시대에 냉장고가 있었다고 말할 수 있는 녀석이라면 충분히 하고도 남을 말이었다. 나탕이 나랑 제일 친한 친구만 아니었다면, 나는 이런 내 생각을 아주 솔직하게 말해 주었을 것이다.

그날 밤 내가 학교에서 있었던 일을 이야기하자 엄마, 아빠가 웃음을 터뜨렸다. 나는 나의 학교생활이 엄마, 아빠에게 근심거리가 아니었으면 좋겠다. 그래서 믿음직스럽게 학교생활을 하고 있는 모습을 보여 줄 수 있을 날이 얼른 오면 좋겠다. 그러다 문득 프랑스어 수업 시간에 배운 보리스 비앙의 명언이 떠올라 그 얘기를 꺼냈다. 샤나가 뭐라고 했는지, 에스페랑스가 얼마나 분명한 어조로 말을 했는지 엄마, 아빠에게 이야기해 주었다.

그런데 내 학교생활을 돕겠다는 생각으로 머릿속이 가득 차 있는 아빠가 이렇게 물었다.

"그러니까 아주 적절한 타이밍에 메일을 받아서 수업 시간 전에 《오디세이아》를 다 읽었다는 말이지?"

"아, 네에…."

"무슨 메일을 말하는 거야?" 엄마가 물었다. "엘리엇, 너한테 뭐가 없었던 거야?"

순식간에 방 안에 팽팽한 긴장감이 흘렀다. 어떻게 하면 이 긴장된 분위기를 가라앉힐 수 있는지 나는 알고 있었다. 엄마를 사로잡고 있는 불안을 애써 모르는 척하고 아무렇지 않게 아빠의 질문에 대답하면 된다.

"응, 구내식당에서 밥을 먹고 도서관에 가서 제대로 읽을 시간이 있었어. 덕분에 선생님의 질문에 내가 멋지게 대답을 할 수 있었던 거지."

엄마가 깊은 한숨을 내쉬었다.

괜찮아, 우린 평온하게 저녁을 보낼 수 있을 거야.

그런데 불행하게도 내가 아빠라는 변수를 미처 예상하지 못했다.

"다음에 공부할 부분은 언제 만들어 주면 되니?"

다음 수업은 내일 있었다. 하지만 지금 그 이야기를 하면 모든 게 다시 엉망이 되고 말 거다. 나는 거짓말을 하기로 했다.

"월요일이요. 주말에 만들어 주면 돼."

"잘됐네. 이번에는 내가 한꺼번에 미리 만들어 줄게."

잘 시간이 되어 내 방에 들어왔을 때 나는 신경이 예민하게 곤두서 있었다. 아빠는 엄마 앞에서 그걸 꼭 물어봤어야 했을까? 나는 나오는 대로 아무렇게나 대답할 수밖에 없었다. 덕분에 내 처지가 아주 난처하게 되었다. 내일 오후에 프랑스어 수업이 있는데, 혼자서 《오디세이아》 5권을 어떻게 읽어 가야 할지 막막했다. 선생님은 내용을 알고 있는지 간단한 시험을 볼 거라고 예고했다. 나를 안심시키느라 한 마디 덧붙이기까지 했다.

"넌 네 노트북에 바로 답을 해도 된다, 엘리엇. 내가 문제를 입력해 놨어. USB를 가지고 올게."

나는 고개를 숙이고 들릴 듯 말 듯한 소리로 이렇게 웅얼거릴 수밖에 없었다.

"네, 선생님. 배려해 주셔서 감사합니다."

포스가 나와 함께하기를

밤새 이리저리 뒤척이기만 할 뿐 도무지 잠이 오지 않았다. 그 바람에 다음 날 7시에 자명종이 울렸을 때는 여전히 한밤중 같은 느낌이 들었다.

간신히 부엌으로 가서 내 시리얼 그릇을 앞에 놓고 마치 그릇 안에 금붕어라도 들어 있는 것처럼 멍하니 들여다보고 있었다. 때마침 엄마가 들어와 오늘은 저녁에 늦게 들어오기 때문에 필로멘느 아줌마가 대신 학교 정문에서 기다릴 거라고 말하지 않았더라면, 나는 아마 우유에 코를 박고 잠이 들어 버렸을지 모른다.

"내 말 듣고 있니, 엘리엇?" 어지간히 화가 난 표정으로 엄마가 물었다.

아무렴, 다 듣고 있었다. 그런데도 엄마는 세 번이나 같은 말을 되풀이하며 고래고래 소리를 질러 댈 필요가 있었을까?

엄마는 잔뜩 화가 나서 나가 버렸다.

엄마가 나간 지 30초 뒤에 아빠가 불쑥 나타났다. 아빠가 엄마에게 받은 미션을 수행하러 왔다는 걸 나는 금세 알아차렸다.

외둥이로 산다는 건 괴로운 일이다. 부모의 모든 관심이 오로지 아이 하나에게 쏠린다. 부모의 감시에서 벗어날 수가 없다. 엄마와 아빠의 라켓 사이를 오가는 탁구공 신세가 된다.

초등학교 3학년 때 동생을 갖고 싶으냐고 엄마가 물었던 기억이 난다. 그때는 바보같이 동생은 필요 없다고 대답했었다. 그때의 나는 오직 나만의 엄마, 아빠를 갖기를 원했었다. 그건 엄청난 실수였다. 하지만 어차피 엄마,

아빠가 동생을 낳지 않은 건 내가 동생이 필요 없다고 해서가 아니다. 내 눈 때문이다. 엄마, 아빠가 한 번도 솔직하게 그렇다고 말한 적은 없었지만 나는 안다. 아마도 엄마, 아빠는 또다시 실패할까 봐, 그러니까 나 같은 아이를 또 낳게 될까 봐 두려웠을 것이다.

"무슨 일이야, 엘리엇? 서서 자는 거야?"

정확히 말하자면 '앉아서 잔다'고 하는 게 맞는 표현이었다. 하지만 나는 아빠에게 그렇게 말을 하지는 않았다. 내가 이렇게 된 건 다 아빠 탓이다. 그래서 아빠랑은 한 마디도 하고 싶지 않았다. 나는 구운 가젤의 넓적다리를 날치기당한 굶주린 불곰처럼 으르렁거렸다. 아빠는 화들짝 놀라 뒤로 물러서더니 더 이상 아무 말도 하지 않고 나갔다.

복도에서 아빠가 엄마에게 소곤거리는 소리가 들렸다.

"아무래도 사춘기가 시작된 것 같아…."

"벌써?"

"엘리엇은 열네 살이야. 알잖아. 아무래도 당신이 애를

그만 들볶고 좀 풀어 줘야 할 것 같아."

"뭐? 내가 애를 풀어 줘야 한다고? 지금 농담해? 늘 아들 등 뒤에 딱 붙어 있는 건 당신이야."

"무슨 말을 그렇게 해? 난 그저 엘리엇이 편하게 살게 해 주려는 것뿐이라고."

"어련하겠어. 그렇게 말하면 좀 더 근사하게 들릴 것 같지? 그런데 사실은 당신이 엘리엇을 숨도 제대로 쉬지 못하게 하고 있어. 아이한테 문제가 생기면 다 해결해 주겠다는 당신의 집착 때문에 아이가 이러지도 저러지도 못하잖아. 그래서 엘리엇은 자기가 얼마나 두려운지 내색할 엄두도 못 낸다니까."

엄마가 하는 말을 듣고 나는 펄쩍 뛰어오를 만큼 기뻤다. 나는 이제까지 아빠가 나한테 해 주는 모든 것에 엄마가 고마워하고 있다고 굳게 믿고 있었다.

아빠는 엄마에게 무슨 말이든 반박을 해야 한다고 느낀 것 같았다.

"그래, 그랬을지도 모르지. 나 때문에 애가 자기 두려움을 내색하지도 못했을 수 있어. 하지만 난 적어도 내

두려움을 아이한테 떠넘기진 않아. 당신은 엄마가 괴로워하는 걸 보고도 아이가 아무렇지도 않게 넘길 수 있을 거라고 생각하는 거야?"

이건 틀린 말이 아니다….

엄마가 뭐라고 대답할지 궁금했다.

쾅 하고 문이 세게 닫히는 소리가 들리면서 두 사람의 언쟁은 끝이 났다. 아빠가 문 앞에 혼자 서서 거칠게 숨을 몰아쉬는 소리가 들렸다.

"도대체 오늘 둘 다 뭐 하자는 거야? 왜 이렇게 성난 소처럼 난폭하게 구는 거야?"

나는 구석에 숨어서 몰래 웃었다. 엄마, 아빠가 싸우는 바람에 잠이 완전히 깼다. 나는 빛의 속도로 시리얼을 먹어 치우고 서둘러 샤워를 하러 달려갔다. 샤워를 하고 나오자, 아빠가 태어나서 처음으로 내게 물었다.

"내가 학교까지 데려다줄까, 아니면 너 혼자 걸어서 갈래?"

학교는 걸어서 10분도 채 걸리지 않는 거리에 있다. 집에서 나와 똑바로 걸어가다가 건널목 하나만 건너면 된다. 그런데도 올해부터 나는 절대로 혼자서 등하교를 할 수 없었다. 자동차를 타고 가거나, 엄마나 아빠 둘 중 한 사람이 데려다주거나, 집안일을 봐 주시는 필로멘느 아줌마가 데려다주었다. 그런데 아빠가 혼자 갈 건지 물어보다니, 이런 일은 정말로 처음이었다. 무엇보다 엄마가 아빠더러 내 등 뒤에 바짝 붙어 서 있다고 한 말 때문에 이런 일이 생겼다고 할 수 있었다. 나는 오래 생각할 것도 없이 대답했다.

"혼자 걸어갈게요."

"정말이야?"

아빠는 알았어야 했다. 그런 제안을 하기가 무섭게 곧바로 숨이 막힐 것 같은 고통을 느끼며 내 선택이 확실한지 내게 다시 물어보게 되리라는 것을.

정말로 아빠는 나한테 혼자 갈 거냐고 물어본 걸 뼈저리게 후회하는 것 같았다. 아빠는 나를 혼자 보낼 마음의 준비가 되어 있지 않았다.

어쨌든 내 결심은 확고했다.

"네, 나 혼자 걸어갈래요."

"그, 그으래…. 좋아…, 좋지…, 그럼…."

아빠가 오래된 컴퓨터처럼 오작동을 하는 건가? 나는 아빠가 오작동을 멈추고 제대로 작동하게 되기 전에 얼른 가방과 겉옷을 가지러 내 방으로 달려갔다. 그러고는 현관 앞에서 소리쳤다.

"학교 다녀오겠습니다, 아빠. 저녁에 봐요."

아빠가 한달음에 달려 나와서 물었다.

"비 오는 거 아니야? 비 올 때 혼자 걸어갔다가는 다 젖을 텐데."

내 시력이 최근 들어 급격하게 나빠졌다는 건 나도 안다. 하지만 오늘처럼 하늘이 아주 파란 날이면 나도 날씨가 어떤지 정도는 알아볼 수 있다. 비가 안 온다고 고개를 가로저을 수 있어서 정말 기뻤다. 아빠는 물개가 숨을 쉴 때처럼 깊은 한숨을 내쉬었다. 내가 엘리베이터 쪽으로 가려는데, 아빠가 마지막으로 다급하게 나를 불러 세웠다.

"날이 좀 추운데…."

"1월인데 이 정도면 괜찮아요."

"그럴 것 같기는 한데…, 그래도 이런 날은 혼자 나가지 않는 게 좋은데…."

엘리베이터가 왔다. 나는 벽을 더듬어 될 수 있는 대로 빨리 엘리베이터를 탔다. 그러고는 아빠가 나를 데려다줄 구실을 더 생각해 내기 전에 얼른 사라졌다. 엘리베이터가 아래로 움직일 때 아빠가 크게 외치는 소리가 들렸다.

"조심해서 걸어 다녀라."

아빠가 잠시라도 웃었으면 해서 나는 영화 〈스타워즈〉에 나오는 제다이처럼 소리를 질렀다.

"포스가 나와 함께하기를(원래는 May the force be with you! 너의 행운을 빈다는 뜻인데, 여기서는 '너'를 '나'로 바꿨다)!"

집 앞에 혼자 나와 있으니 묘한 기분이 들었다. 솔직히 말하면, 군악대의 큰북처럼 심장이 마구 울려 대기 시작했다. 자동차 소리, 바삐 지나가는 사람들, 유모차를 몰고 곧장 달려가는 여자, 길이 조절이 가능한 줄로 맨 개를 데리고 산책하는 할머니, 인도에서 자전거를 타고 가는 남자아이. 그러니까 시력이 좋은 사람들은 도시 곳곳에 도사리고 있는 함정 따위는 아랑곳하지 않는다.

집으로 다시 올라갈까 하는 생각을 아주 잠깐 했다. 하지만 곧 이번에 독립적인 모습을 보이지 않는다면 엄마, 아빠가 더 이상 내게 독립할 기회를 주지 않을 거라는 생각이 들었다. 그래서 나는 곧장 앞으로 걸었다.

세계일주도 결국에는 첫 걸음을 떼면서 시작되는 법이다.

게다가 나는 서둘러서 가야 했다. 프랑스어 수업 시간에 있을 쪽지 시험 준비를 나탕에게 도와 달라고 할 생각이었다. 5권의 내용을 요약해서 이야기해 달라고 부탁할 참이다. 쪽지 시험이 있으니 나탕은 억지로라도 책을 읽었을 것이다. 시간이 나면 다른 아이가 아는 내용까지 들을 수 있을 것이다. 물론 내가 직접 읽는 것만은 못하겠지만 그래도 뭐….

학교까지 절반쯤 갔을 때, 등 뒤에서 내 이름을 부르는 소리가 들렸다. 뒤를 돌아보았다. 나는 금세 예쁜 캐러멜색 피부의 주인공이 누군지 알아보았다. 나는 당황하여 더듬거렸다.

"아…, 안…, 안녕, 에스페랑스."

에스페랑스가 나를 보고 웃었는지는 모르겠다. 에스페랑스가 얼굴이 보일 만큼 가까이 있지 않았기 때문이다. 어쨌든 나는 바보같이 웃었고, 내 얼굴이 빨간 케첩이 되어 버린 게 느껴졌다. 어색하지 않게 뭔가 제대로 된 말을 해 보려고 했다.

"학교 가는 중이야?"

아, 이런! 퍽이나 똑똑해 보이겠네. 그럼 이 시간에 얘가 어딜 가겠냐, 이 멍청아! 조깅이라도 하러 가겠냐?

에스페랑스가 대답하는 걸로 보아 그 애가 나를 완전히 멍청이로 보지는 않은 것 같았다.

"응. 솔직히 침대에 누워 더 자고 싶은데 말이지."

"그건 나도 마찬가지야. 오늘은 내가…."

나는 미처 말을 끝맺지 못했다. 에스페랑스가 갑자기 내 팔을 잡았다. 자기도 모르게 나의 안전 차단기 역할을 하고 있는 셈이었다. 여자아이와 이렇게 가까이 있는 건 난생 처음 있는 일이어서 순간 난 정신이 멍해져 버렸다.

내 머리가 다시 제대로 작동하고서야 나는 방금 전 내가 가로등에 부딪칠 뻔했고, 그 사고를 막아 주느라 에스페랑스가 내 팔을 잡았다는 걸 알게 되었다. 이야기를 나누는 데 너무 열중한 나머지 조심성이 없어진 것이다. 하마터면 크게 다칠 뻔했다.

에스페랑스한테 고맙다고 해야 하는데 이상하게도 그 말이 나오지 않았다. 화가 치밀어 올랐다. 나는 에스페랑스가 내 팔을 놓도록 재빨리 팔꿈치로 쳤다. 그러고는 곧바로 그렇게 한 걸 후회했다.

어떻게 해야 이 상황을 수습할 수 있을까?

아무것도 할 필요가 없었다. 에스페랑스가 아까 하던 얘기를 다시 시작했고, 우리는 아주 오래전부터 친구였던 것처럼 수다를 떨면서 걸어갔다. 이 여자애는 정말 멋지다….

학교 앞에 도착하자 에스페랑스가 걱정스러운 표정으로 물었다.

"청록색 자동차에 타고 있는 남자, 너랑 아는 사이야? 그 남자가 우리를 이상하게 쳐다보고 있어. 내 착각일 수도 있지만, 아무튼 그 남자가 아까부터 계속 우리를 보고 있다는 느낌이 들어."

자동차가 멀리 떨어져 있어서 볼 수는 없었지만, 그 남자가 누군지 확인해 볼 필요도 없었다. 나를 뒤따라온 청록색 자동차에 타고 있는 남자라면, 내가 아는 사람은 딱 한 사람뿐이다. 아빠다.

가능한 한 빨리 건물 안으로 들어가고 싶어서 이번에는 내가 에스페랑스의 팔을 잡았다.

1교시는 수학이었다. 2교시 수업을 시작하는 종이 울렸는데도 나탕은 여전히 교실에 나타나지 않았다. 나탕이 지각을 하는 아이는 아닌데 무슨 일일까? 내 단짝 친구가 오지 않은 채로 2교시 수업이 시작되었다. 나탕이 오늘 아파서 결석한 거라면 그건 나한테는 큰 문제였다. 프랑스어 수업을 준비하려면 나탕이 반드시 필요했다.

쉬는 시간 10분 동안 나는 나탕이 나타나기를 애타게 기다렸지만, 나탕은 오지 않았다. 《오디세이아》를 읽을 수 있는 다른 방법을 찾아야 했다. 그래서 점심시간이 되기를 기다렸다가 야니 옆에 앉았다. 그리고 은근히 《오디세이아》 5권 이야기를 해 봤다. 하지만 야니는 나탕이 아니다. 야니는 빙글빙글 웃으면서 말했다.

"야, 밥 먹는데 숙제 얘기 하지 마. 토할 것 같으니까. 벌써 음식에서 고약한 냄새가 나는 것 같아."

주위에 있던 아이들이 와아 하고 웃음을 터뜨렸다. 창피를 당하지 않으려고 나도 야니의 농담이 재미있는 척했다.

아이들은 어느새 축구 얘기를 하기 시작했다. 나는 점심에 손도 대지 않은 채 일어섰다. 내가 나가는 걸 아무도 알아채지 못했다. 그렇다고 무턱대고 야니를 원망할 수는 없었다. 나는 야니에게 도움이 필요하다고 분명하게 말하지 않았다. 그런 말은 꺼내지도 않았다.

손으로 벽을 짚으며 똑바로 걸어갔다. 운동장을 지나면서 땅바닥에 자기 겉옷을 깔고 앉아서 햇볕을 쬐고 있는 에스페랑스를 보았다. 에스페랑스는 음악을 들으며 책을 읽고 있는 게 틀림없다. 물론 뚜렷하게 보이지는 않았다. 어쨌든 에스페랑스는 완전히 몰입하고 있었다. 에스페랑스에게 《오디세이아》 5권의 내용을 이야기해 달라고 하면 어떨까? 에스페랑스는 이야기를 해 줄 게 분명하다. 그래, 하지만 그러면 에스페랑스는 나를 어떻게 생각하게 될까?

나는 재빨리 에스페랑스를 지나쳐 갔다.

이제 40분이 지나면 수업이 시작된다. 결정을 해야 했다.

바로 어제, 다시는 도서관에 가지 않겠노라고 굳게 다짐을 했건만, 나는 결국 도서관에 갈 수밖에 없었다.

내가 2분 정도 소설 코너의 쿠션 위에 앉아 있었더니, 스타바 선생님이 내 곁으로 다가왔다. 나는 내 운동화만 뚫어지게 쳐다보고 있었다. 스타바 선생님이 나에게 물었다.

"오늘은 《오디세이아》 몇 권이니?"

"5권이요."

선생님은 이미 책을 손에 들고 있었고, 바로 책을 펼쳐 읽기 시작했다. 제우스의 명을 받은 헤르메스가 요정 칼립소에게 와서 오디세우스를 보내 주라고 말하는 장면이었다. 요정 칼립소는 몇 년 동안이나 오디세우스를 붙잡아 두고 있었다. 하지만 오디세우스는 자기 고향에서 멀리 떨어진 낯선 곳에서 죽을 운명이 아니었던 것이다. 확실히 칼립소는 오디세우스를 보내고 싶지 않았다. 그래서 대놓고 남신들을 비난했다.

"무정하기도 하여라, 그대 남신들은. 게다가 질투심도 유별나게 강하시구려. 여신들이 인간을 남편으로 삼아 공공연하게 동침할 권리를 이처럼 빼앗으시는 걸 보면 말이오."

나는 깜짝 놀랐다. 뭐? 동침이라고? 무슨 이야기가 이래? 나는 이제까지 오디세우스가 거부하는데도 요정 칼립소가 억지로 오디세우스를 잡아 둔 줄 알고 있었다. 우리의 용감한 영웅이 자기 아내 페넬로페를 두고 처음 본 여자와 바람을 피울 거라고는 한 번도 생각해 보지 않았다. 이야기를 조금 더 들어 보니 확실하다. 오디세우스가 당시 자기 집으로 돌아가고 싶어 했던 이유는 자기 아내에 대한 사랑 때문이 아니라, 칼립소가 더 이상 마음에 들지 않았고 죽을 만큼 따분하게 느껴졌기 때문이었다. 이런 건 《오디세이아》에 나오는 위대한 영웅의 삶이라기보다는, 할리우드 남자 배우의 삶에 더 가깝지 않나?

내가 크게 놀란 걸 알아차렸는지 스타바 선생님이 책 읽는 걸 멈추고 아주 조용히 말했다.

"아무리 영웅이라고 해도 오디세우스 역시 인간이란다. 물론 뛰어난 자질을 가지고 있는 인간이지. 하지만 인간인 이상 그도 약점이 있을 수밖에 없어. 그래서 오디세우스와 우리를 동일시할 수 있는 거야. 우리랑 똑같은 사람이고, 약점도 많으니까. 흉내 낼 수도 없는 사람을 롤 모델로 삼을 수는 없잖아? 게다가 오디세우스에게는 아들 텔레마코스가 있잖아. 우리 인간들은 아들과 멀리 떨어져 있는 아버지의 슬픔을 충분히 이해할 수 있지."

나는 갑자기 광장을 떠난 텔레마코스를 몰래 감시하는 청록색 자동차 안의 오디세우스가 떠올랐다. 그러자 단번에 오디세우스에게 공감하게 되었다. 책 읽어 주는 선생님의 말이 맞았다. 선생님은 다시 책을 읽기 시작했다.

칼립소는 어쩔 수 없이 그리스의 왕이 떠나는 걸 허락했다. 하지만 질투심이 폭발해서 대강 다음과 같은 내용의 말을 했다. "오디세우스여, 당신은 페넬로페를 다시 만나고 싶어 하지만, 나에 비하면 페넬로페는 참치처럼 못생겼어요. 게다가 앞으로 점점 늙어 갈 거고 주름이 생기겠지요. 인간이니까요. 그렇지만 나는 언제나 이렇게 날씬하고 아름다울 거예요."

요정으로 산다고 해도 질투를 느끼지 않는 건 아닌가 보다.

오디세우스는 나흘 동안 스무 그루의 나무와 씨름하고, 천을 잘라 돛을 만들고, 안에 밧줄을 매달아 뗏목을 만들었다. 그리고 새벽에 요정 칼립소와 헤어졌다. 엽서 사진 같은 풍경 앞에서 요정 칼립소는 애써 슬픔을 누르고, 잘생긴 오디세우스는 짐짓 아쉬워하는 눈빛을 지어 보였다.

누가 《오디세이아》를 지루한 책이라고 말했을까?

바람을 받아 돛이 펼쳐지는 순간에 수업 종이 울렸다. 스타바 선생님은 말없이 일어나더니 처음에 그랬던 것처럼 사라져 버리려고 했다. 그런데 어느새 내가 선생님에게 묻고 있었다.

"다음 월요일에도 읽어 주실 수 있어요?"

"그래, 월요일…."

"제 이름은 엘리엇이에요."

"월요일에 보자, 엘리엇."

그때는 선생님을 만나게 되어서 정말 좋다는 생각이 들었다. 하지만 그 뒤로는 내내 괴로웠다. 무엇에 홀려서 나는 스타바 선생님에게 다시 오겠다고 말했을까? 스타바 선생님은 틀림없이 나한테 책을 읽어 준 일을 사람들한테 말하고 다닐 것이다. 그러면 그동안 내가 다른 사람들과 똑같아 보이고 싶어서 갖은 애를 써 왔던 것이 모두 수포로 돌아가게 된다.

5시쯤 되어서 나는 마음을 굳혔다. 다시는 도서관에 가지 않으리라고. 스타바 선생님은 필요 없다. 아빠가 미리 몇 챕터를 한꺼번에 보내 주겠다고 약속했으니까. 집에서 조용히 혼자 읽을 것이다.

그날 저녁 식사 시간은 살얼음판이었다. 엄마와 아빠는 저녁을 먹는 내내 서로 한 마디도 하지 않았다.

아빠는 집에 돌아오자마자 오늘 내가 혼자 학교에 갔다고 엄마에게 말했다. 자신이 아들을 과보호하지 않는 쿨한 남자임을 증명해 보이고 싶었던 것이다.

당장에 난리가 났다!

엄마는 거친 숨을 고르느라 한참을 말도 못하고 있더니 마침내 아빠를 무책임한 사람이라고 몰아붙였다. 두 사람은 내 방에까지 싸우는 소리가 들리지 않도록 방문을 닫고 목소리를 낮췄지만, 나는 둘이서 하는 말을 하나도 놓치지 않고 다 들었다.

"그래, 나는 무책임한 사람이다. 진즉에 그걸 알았어야 했는데. 오늘 아침에는 날 극성스러운 아빠라고 비난하더니, 이제 와서 무슨…."

"그래도 아빠라는 사람이 어떻게 애를 혼자 가게 놔둘 수 있느냐 말이야."

"당신이 나한테 바로 그 점을 지적했잖아. 이제 엘리엇은 열네 살이라고."

"아무리 그래도 그렇지. 그리고…."

"말이 나왔으니까 하는 말인데, 그럼 당신은 잘하고 있어? 벌써 4년이야. 그런데 당신은 지금껏 한 번도 엘리엇의 병명을 입 밖에 낸 적이 없어."

"그걸 말하면 우리 애가 진짜 병에 걸렸다는 걸 인정하는 거잖아."

"불행한 일이지만 엘리엇은 진짜로 병에 걸렸어, 당신이 말을 하건 하지 않건. 우리 아들은 망막색소변성증을 앓고 있다고. 그리고 우리가 할 일은 우리 아들이 가능한 한 잘 자라도록 도와주는 거고. 오늘 아침에 당신이 한 말을 생각해 봤어. 당신 말이 맞아. 나는 너무 의욕에 넘쳐 있었어. 그래서 앞으로는 우리 아들이 숨 쉴 수 있도록 애써 볼 참이야. 하지만 당신도 달라져야 해. 이제 죄책감은 털어내 버리라고. 엘리엇이 아픈 건 당신 잘못이 아니야. 우리 아들한테는 잘 살아가도록 격려해 주는 엄마가 필요해. 우울증에 빠진 여자가 아니라…."

그 뒤로는 아무리 귀를 들이대도 아무 소리도 들리지 않았다. 나는 얼른 거실로 나왔다. 아무도 없었다. 엄마

는 부엌에 있고, 아빠는 자기 방에 들어가 컴퓨터 앞에 앉아 있었다.

분위기가 살벌하다….

나는 소파에 털썩 주저앉았다. 헤드폰을 쓰고 소리를 최대로 올렸다.

옷소매로 눈물을 닦았다.

내 머릿속의 태풍

끔찍한 주말이었다. 엄마는 아빠랑 다시는 말을 하지 않기로 작정한 것 같았다. 아빠는 아무 일도 없는 것처럼 태연하게 굴었다. 아주 기분이 좋은 것처럼 보이려고 애를 썼다. 나는 엄마, 아빠가 미웠다. 두 사람은 내가 아예 눈이 안 보이는 줄 아는 모양이다.

다행히 일요일에 나탕과 통화를 했다. 나탕이랑 이야기를 하고 나니 기분이 좀 나아졌다. 까다로운 부모랑 사는 괴로움을 나만 겪고 있는 건 아닌 게 분명했다. 나탕도 화가 많이 나 있었다.

"우리 엄마는 진짜 못 말린다니까. 무슨 석고 반죽 같은 걸 나더러 먹으라면서 막 귀찮게 쫓아다녀. 우웩, 토할 것 같아…."

"근데 너희 엄마는 왜 그걸 너한테 먹이려고 하셔?"

"그게 구토가 나지 않게 해 준다나 뭐라나."

"말도 안 돼."

"아빠는 또 어떻고. 아빠는 문제가 생기면 늘 튀고 본다니까. 원래는 이번 주말에 아빠가 우리를 보살피기로 되어 있었거든. 그런데 내가 위에 탈이 난 걸 알고는 엄마한테 다음 주에 우리를 맡겠다고 한 거야. 당연히 엄마 표정은 말이 아니었지. 아빠가 그럴 걸 엄마도 예상했는지는 잘 모르겠어. 아무튼 엄마는 어쩔 수 없이 약속을 다 취소했어. 그때부터 기분이 완전 저기압이야. 우리한테 욕을 하고 짜증을 부리더라고. 내 동생 사라는 불쌍하게도 욕실에 머리카락 세 가닥을 흘렸다고 엄마한테 욕을 먹었지. 막내 톰은 또 어떻고. 말도 마라. 거실에서 놀았다고 엄마가 톰한테 레고를 먹이려고 했다니까."

"너 지난번에 프랑스어 선생님이 읽어 줬던 쥘 로맹의

글귀 생각나?"

"뭐였는데?"

"이거였어. '모든 사람에게 고아가 되는 행운이 주어지는 건 아니다.' 흠…, 난 이게 틀린 말인지 맞는 말인지 잘 모르겠다."

"아마, 맞을 걸…. 아참, 그나저나 프랑스어 쪽지 시험은 어떻게 됐어?"

"아주 쉬웠어. 내가 시험 문제를 메일로 보내 줄까?"

"뭐 하러?"

"선생님이 월요일에 너한테만 따로 시험을 보게 할지도 모르잖아."

"오! 일리가 있네. 그럼 답도 보내 주라. 벌써 6권을 읽기 시작했는데 다시 5권을 힘들게 읽고 싶지는 않거든."

내가 나탕의 처지라면 정말 좋겠다고, 아무한테도 부탁하지 않고 책을 읽을 수 있으면 정말 좋겠다는 말을 나탕에게 차마 하지는 못했다.

《오디세이아》의 글자를 확대해 달라는 부탁을 하러 갔

는데, 아빠는 슈퍼트램프(1970년대 인기를 끌었던 영국의 록 밴드)를 듣고 있었다. 소파에 길게 누워서 커다란 헤드폰을 쓴 채로 눈을 감고 고개를 까닥이고 있었다. 나는 오랫동안 20센티미터도 떨어지지 않을 정도로 얼굴을 바짝 들이대고 아빠를 보았다. 아빠는 내가 온 걸 전혀 알아채지 못했다. 그렇게 있은 지 5분 정도가 지나서야 아빠가 눈을 떴다. 아빠는 소스라치게 놀랐다. 마치 자신은 밤에 시골집에 혼자 있는 어린 여자아이이고, 내가 절단기를 손에 들고 있는 침입자나 되는 것처럼.

"어이쿠, 깜짝 놀랐잖아, 엘리엇!"

"미안해요."

"뭐 필요한 거 있어?"

"응, 《오디세이아》 텍스트가 필요해요."

평소 같으면 아빠는 당장 일어나서 컴퓨터 앞으로 달려갔을 것이다. 그런데 아빠는 그냥 말만 했다.

"5권은 만들어 놨는데 사무실에 있어."

"만들지 않아도 돼요. 거의 다 읽었어요."

"어떻게? 내가 만들어 준 텍스트도 없었는데…."

살다 보면 별 생각 없이 말했다가 쓰디쓴 후회를 하게 되는 일이 종종 있게 마련이다. 아직은 아빠에게 도서관과 스타바 선생님, 그리고 선생님이 책 읽어 준 걸 이야기할 적당한 때가 아니었다. 무엇보다 이건 다 끝난 일이다. 그래서 처음 거짓말을 한 지 사흘도 지나지 않아서 두 번째 거짓말을 하기로 마음먹었다.

"선생님이 수업 시간에 읽어 주셨어요. 6권과 7권을 만들어 줄 수 있어요?"

"음악을 다 듣고 나면 해 줄게."

이런 일은 이제까지 단 한 번도 없었다…. 내가 아빠에게 뭔가 부탁을 하면, 아빠는 늘 당장에 달려갔다. 그런데 금요일에 엄마가 뭐라 했다고 이렇게 달라질 수 있다는 말인가?

오래 저러지는 못할 거야. 조금 있으면 일어날 걸.

아, 웬걸….

아빠는 다시 헤드폰을 쓰고 눈을 감았다. 나는 아빠가 흘러간 옛 노래를 듣게 내버려 두었다.

엄마는 부엌에서 차를 마시면서 엘르 잡지를 뒤적이고

있었다. 엄마가 좋아하는 자스민 차였다. 굳이 상자에 쓰인 이름을 보지 않아도 알 수 있었다. 차에서 나는 향기 때문에 정원에 나와 있는 것 같았다.

"엘리엇이구나. 괜찮니?"

"으응…."

평소에 내가 미적거리며 낙담한 듯한 태도로 '으응'이라고 대답하면 늘 속사포 같은 질문이 쏟아졌었다. '무슨 일이야?' '뭐 기분이 안 좋니?' '뭐 필요해?' 등등.

그런데 아무런 말이 없다.

뭐, 괜찮네. 엄마, 아빠의 완전 쿨함의 이중주라니….

나는 아무 말 하지 않고 잠시 기다렸다. 결국 엄마가 반응을 보였다.

"뭐가 먹고 싶어서 그래, 아들?"

"아니. 그게 아니고 숙제를 해야 하는데…."

"그럼 하면 되지 않아?"

"아빠가 텍스트를 만들어 주지 않아서…. 하는 수 없지. 선생님이 나한테 질문을 하면 빵점을 맞을 거야."

엄마는 엉덩이 아래에 성게가 한 무더기 있는 것처럼

벌떡 일어섰다.

"네 아빠는 지금 어디 있니?"

아, 이런. 여기서부터는 내가 아는 엄마다….

나는 냉장고에서 요구르트를 하나 꺼내면서 조용히 대답했다.

"소파에 누워 있어…. 슈퍼트램프를 듣고 있어. 볼륨을 끝까지 높이고."

엄마가 다시 앉았다. 엄마는 숨을 깊게 들이쉬더니 애써 아주 평온한 어조로 말했다.

"아빠가 나중에 해 줄 거야. 일단 뭐 좀 먹어라. 크레페 만들어 줄까?"

"밤 잼이랑 샹티이 크림 있어?"

"그럼요, 손님!"

그러니까 확실히 엄마는 내 입을 다물게 할 강력한 무기를 가지고 있다. 엄마는 순식간에 반죽을 준비했다. 내가 엄마에게 물었다.

"브르타뉴식 간식에 사과 주스와 크레페를 곁들이고 켈트 지방의 음악을 틀면 어떨까? 내가 어렸을 때처럼!"

엄마는 한참동안 나를 빤히 쳐다보더니 난처한 표정으로 말했다.

"지금은…, 지금은 그러니까… 사과 주스가 없어."

나는 파티를 하자고 우기지 않았다. 엄마와 나는 파티를 하고 싶은데도 사과 주스가 없어서 파티를 못하는 게 아니라는 걸 알고 있었다.

약속했던 대로 아빠는 《오디세이아》 5권과 6권을 글자 크기를 키운 텍스트로 만들어 주었다.

그로부터 한 시간 뒤에 나는 배가 빵빵해진 채로 돋보기를 들고 《오디세이아》 5권을 펼쳤다. 오디세우스는 이제 바다 위에 있었다. 칼립소가 그에게 충고해 준 대로 큰곰자리를 왼쪽에 두고 앞으로 나아갔다. 오디세우스는 잠도 자지 않고 계속 배를 저어 갔다. 목적지에 거의 다 왔다. 오디세우스는 곧 텔레마코스와 아침 식사를 할 수 있게 될 참이었다.

그런데 아니다…. 그렇게 쉬울 리가 없다.

대지를 흔드는 지배자 포세이돈은 바다를 바라보다가 그리스 사람 오디세우스를 발견하고는 격노했다. 포세이돈은 구름을 모으고, 파도를 일으키고, 온갖 바람의 폭풍을 한꺼번에 일으켰다. 작은 뗏목에 몸을 실은 사람에게 그건 엄청난 재앙이었다.

여기까지 읽다가 멈췄다. 사실 지금은 그만 읽을 때가 아니었다. 뗏목은 산산이 부서지고 오디세우스가 바다에 빠진 순간이 아닌가.

그런데 머리가 너무 아파서 계속 읽을 수가 없었다. 내가 뭘 얼마나 읽은 거지? 보통 책으로 하면 두 페이지 정도 되나? 그 이상은 아닌 것 같은데…. 내 머릿속에서 소용돌이가 일어나고 있는 느낌이 들었다.

블라인드를 내리고 할로겐 등을 껐다. 주변을 어둡게 하는 게 두통을 가라앉히는 유일한 방법이다. 나는 오래도록 꼼짝도 하지 않고 그렇게 앉아 있었다. 두통이 좀 가라앉았다.

휴대폰이 울렸다. 울렸다기보다는 소들이 울부짖는 소리를 냈다. 소 울음소리는 나탕이 전화할 때 울리는 벨소리다. 전화가 왔을 때 휴대폰 창에 뜨는 이름은 글자 크기가 너무 작았다. 그래서 나는 내 휴대폰에 저장된 이름

하나하나에 각기 다른 동물 울음소리를 설정해 놓았다. 엄마는 야옹, 아빠는 당나귀 울음, 필로멘느 아줌마는 까치 소리…. 동물원이 되어 버렸다. 그래도 어쨌든 누가 전화를 했는지는 바로 알 수 있었다.

"안녕, 엘리엇!"

"여어, 나탕!"

"자는데 내가 깨운 거야? 잠들었던 것 같은데…."

"아니, 음악 듣고 있었어."

나탕이 나와 가장 친한 친구이기는 하지만, 내게 생기는 작은 상처들까지 일일이 말하고 싶지는 않았다. 나탕이 말을 이어 갔다.

"시험 문제 메일을 아직 못 받아서 전화했어."

"아, 맞다. 깜박 잊어버렸어. 지금 바로 보내 줄게. 《오디세이아》 5권은 다 읽었어?"

"응. 너는?"

"오디세우스가 물에 빠진 부분까지 읽었어."

"아, 아직 다 못 읽었구나. 난 오디세우스가 뭍에 올라오지 못하고 있을 때 혼자 생각했지. '좋았어! 오디세우스는 물에 빠져 죽을 거야. 다시는 그의 목소리를 듣지 못하겠군.' 그런데 웬걸. 전혀 아니었어. 이름이 뭔지는 기억나지 않지만, 바다의 여신이 오디세우스에게 옷을 벗어 버리고 마법의 천 조각을 두르라고 하는 거야. 마법의 천 조각이 물에 떠오를 수 있게 해 준다고 말이야. 결국 악몽 같은 사흘을 보낸 뒤에 오디세우스는 무사히 벌거벗은 몸으로 해변에 닿게 돼. 그러고 나서 잠이 쏟아지는데, 잠자는 동안 포세이돈이 자기를 죽이려고 3D 괴물을 보낼 게 뻔하잖아. 그러니 무서워서 죽을 지경이지. 일단 오디세우스는 간신히 기어서 숲속으로 가 낙엽 속에 몸을 숨겼어. 아테나는 오디세우스를 힘겨웠던 노고에서 구해 주려고 즉시 그의 눈에 잠을 쏟아 부어 주었고. 이런 건 현실에서 절대로 일어날 수 없는 일이지!"

"이 이야기에서 현실성이 있느냐 없느냐는 중요하지 않아. 너 〈아바타〉를 볼 때는 그런 불만이 없었잖아."

"〈아바타〉는 영화잖아."

"그럼 《오디세이아》를 네 머릿속에서 영화로 만들기만 하면 되겠네. 그리고 감상하는 거야. 우와, 그거 멋진데!"

"야, 너 상태가 좋지 않구나. 네가《오디세이아》를 그렇게 좋아한다니 말이야. 그 말은 네가 조건법 현재랑 장소의 상황보어를 죽도록 좋아한다고 말하는 거랑 똑같이 들리는데."

"네가 무슨 말을 해도 상관없어. 내 생각에, 네가《오디세이아》를 싫어하는 건 너한테 이게 해야 할 숙제이기 때문이야. 누군가 들려주는 멋진 이야기가 아니라. 난 그냥 그 말을 하고 싶었을 뿐이야."

"그 말은 너한테 누군가 이 이야기를 들려줬다는 얘기야, 뭐야? 작은 요정이 네 귓속에다 속삭여 준 거야?"

나는 아무 말도 하지 않고 가만히 있었다. 그런데 왜 나탕이 난데없이 나한테 이런 말을 했을까? 누군가 내가 도서관에서 스타바 선생님과 함께 있는 걸 보고 내 친한 친구에게 달려가서 말한 걸까?

내가 얼마나 불안해하는지 까맣게 모른 채 나탕은 계속 떠들어 댔다.

"뭐, 아님 말고. 그런데 너 수학 문제 다 풀었냐?"

"응."

"4과 66페이지도?"

"응."

"그럼 그것도 보내 줄래? 나는 못 풀었거든."

그때 전화기 너머에서 잔뜩 짜증이 난 목소리가 들렸다. '밥 먹어!' 그 소리가 어찌나 크던지 왼쪽 고막이 터지는 줄 알았다. 나탕이 속삭였다.

"들었지? 넌 방금 내가 얼마나 엄마의 짜증을 힘들게 견디고 있는지를 생생하게 체험한 거야. 얼른 가봐야겠다. 안 그러면 엄마가 날 들들 볶아 댈 테니까. 내일 보자!"

"응, 내일 봐."

불을 켰다. 돋보기를 들고 《오디세이아》를 다시 읽기 시작했다. 밤이 얼마나 깊었는지, 몇 시나 되었는지 알 수가 없었다. 머리가 깨질 듯 아픈 주말이다. 엄마, 아빠의 기분이 우울한 주말이다. 나는 집중할 수가 없었다. 몇 단어를 더 읽었지만 그걸 문장으로 잇지는 못했다. 나는 들고 있던 텍스트를 홱 던져 버렸다.

진짜 우정은 뭘까?

월요일 아침, 방에서 가방을 챙기고 있는데, 엄마가 부엌에서 소리쳤다.

"엘리엇, 엄마는 5분 뒤에 출발할 거야. 그러니까 어서 학교 갈 준비해."

당장 부엌으로 가 엄마한테 물었다.

"오늘은 나 혼자 학교까지 걸어가면 안 되는 거예요?"

목구멍에 선인장이 무럭무럭 자라나고 있는 것처럼 엄마는 마른기침을 했다.

"빨리 자동차에 타거라."

"아직 늦지 않았어요."

"내가 태워다 줘야 네가 덜 피곤하지."

"하나도 안 피곤한데…."

"그럼 너 하고 싶은 대로 해."

믿을 수 없는 일이 벌어졌다!! 내가 혼자 가겠다고 하는 걸 엄마가 받아들여 주리라고는 상상도 하지 못했었다.

아빠는 몰라도 엄마는 절대 용납할 수 없을 거라 생각했는데….

드디어 우리 가족에게 달라지고자 하는 의지가 생겨나고 있었다.

나는 가방과 소지품을 챙겨 들고 큰 소리로 말했다.

"안녕, 엄마. 저녁 때 봐요."

엄마는 뭔가 다른 구실을 만들어서라도 나를 차에 태우려고 하지는 않았다. 그냥 자기 방에서 조용히 말했다.

"저녁에 보자, 엘리엇. 조심해라!"

집을 나섰지만 이번에는 미친 듯이 심장이 뛰지는 않았다. 장애물은 늘 있게 마련이다. 오늘은 인라인스케이트를 타면서 재미 삼아 사람들 사이를 요리조리 빠져나가는 남자나, 인디언처럼 소리를 지르며 가로등을 잡고 빙글빙글 도는 아이, 혹은 길에서 똥을 누는 개와 그 똥을 치우려고 비닐봉지를 들고 기다리는 개 주인과 부닥치게 될지도 모른다. 그러거나 말거나 어쨌든지 간에 금요일보다는 훨씬 더 편안한 느낌이었다.

나는 최대한 건물을 손으로 짚어 가며 똑바로 나아가는 방법으로 학교를 향해 걸어갔다. 기분이 좋아서 콧노래가 저절로 나왔다. 길을 건너려는데 10미터 앞에 에스페랑스가 서 있었다. 나는 에스페랑스를 차마 큰 소리로 부르지는 못했다. 그 대신 얼른 달려가 에스페랑스를 따라잡기로 했다.

자동차가 브레이크를 밟으며 끼익 하고 아스팔트 위에 멈춰 서는 소리가 울려 퍼졌다. 그러고는 귀가 멍해지도록 빵빵대는 클랙슨 소리가 내 주변을 가득 채웠다. 나는 횡단보도 위에 그대로 얼어붙어 버렸다.

누군가 버럭 외치는 소리가 들렸다.

“지금이 초록 불이야? 하마터면 칠 뻔했잖아. 이게 말

도 안 되는 짓인 건 알지? 야, 내 말 안 들려? 계속 도로 한가운데 버티고 서 있을 참이냐? 이게 너희들 새로운 놀이야, 뭐야?"

운전자가 화가 나서 하는 말이 또렷하게 잘 들렸다. 지금 내가 사과해야 하는 타이밍이라는 것도 잘 알고 있었다. 하지만 도무지 입 밖으로 소리가 나오지 않았다. 다리도 내 맘대로 움직여지지 않았다.

이러면서도 혼자서 거리로 나오고 싶어 하다니, 얼마

나 바보 같은 생각이었나! 앞으로 다시는 혼자 걸어서 학교에 가지 않을 것이다. 나는 인정해야 했다. 혼자 돌아다니는 일이 나한테는 불가능하다는 걸. 이건 명백한 사실이었다. 결국 엄마, 아빠가 그렇게 걱정했던 데는 다 이유가 있었던 것이다.

이제 어떡하지? 이대로 주저앉으면 안 되는데, 다리가 도무지 꼼짝을 하지 않았다.

그때 부드러운 손이 내 축축한 손에 닿는 게 느껴졌다. 그리고 캐러멜 색 피부의 여자아이가 속삭이는 목소리가 들렸다.

"우리 그만 갈까? 이러다 지각하겠어."

"그, 그래, 가자…."

우리는 말없이 학교까지 손을 꼭 잡고 걸어갔다. 에스페랑스는 좀 전의 일에 대해 한 마디도 하지 않았다.

학교 운동장에 들어서자 내가 에스페랑스에게 우물거리며 말했다.

"아까는 정말 누군가의 도움이 절실하게 필요했었어."

에스페랑스가 나를 보고 웃었다. 그러고는 아주 친절

하게 대답했다.

“사람들은 누구나 도움이 필요해. 다른 사람들과 함께 살아가지 않는다면 인간은 아무것도 아니야.”

이 말이 프랑스어 선생님한테 배운 구절을 인용한 것인지 아니면 에스페랑스 스스로 생각해 낸 말인지 나는 모른다. 어쨌거나 난 이 말을 가슴 깊이 새겼다.

나는 에스페랑스가 한 말이 정말 마음에 든다고 말하고 싶었다. 그런데 그 말을 하려는 순간 나탕이 내게 달려들었다. 나탕은 초등학교 3학년 때처럼 나를 등 뒤에서 와락 껴안았다. 심한 위장병을 앓았다고 하기에는 기운이 넘쳐 보였다. 나탕은 내 귀에다 대고 소리를 질렀다.

“학교에 나오니까 정말 좋다! 엄마랑 집에 처박혀 있는 것보다야 뭘 해도 낫겠지. 어제는 진짜 지옥이었거든.”

나는 나탕에게서 빠져나오려고 버둥거렸다. 에스페랑스를 마주 보고 서서 하고 싶은 말이 있었다. 그런데 자기감정에 취해서 눈에 보이는 게 없는 나탕은 자신이 나를 얼마나 짜증나게 하고 있는지 전혀 눈치채지 못했다. 계속해서 럭비 선수들이 서로 껴안는 식으로 나에게 달려들었다.

에스페랑스는 결국 혼자서 가 버렸다. 가기 전에 내게 인사는 했다.

"나중에 봐, 엘리엇!"

나는 대답을 하면서 좀 더듬거렸다.

"그, 그래…. 나, 나중에… 봐."

내 마음이 심하게 흔들리고 있다는 걸 나의 가장 친한 친구가 알아차리지 못할 리가 없다. 나탕이 바로 물었다.

"너, 저 애 좋아하는 거 맞지? 아니면 내가 지금 꿈꾸고 있는 거냐?"

"네가 꿈을 꾸고 있는 거야. 그 얘기는 이제 마침표야."

보통 '마침표'라고 말하면, 그건 우리 둘이 어떤 주제에 대해 더 이상 얘기하지 말자는 신호이다. 그런데 이번 일에 대해서 나탕은 결코 포기하지 않을 기세였다.

"둘이 데이트하고 있는데 내가 나타난 거야?"

"야, 꼭 사귀어야만 여자애랑 얘기할 수 있는 건 아냐."

"그렇지. 하지만 지금 그런 말은 아주 설득력이 없어. 특히 그윽한 눈빛으로 더듬거리며 말하는 걸 현장에서

딱 걸렸을 때는 말이야.”

“관두자. 제발 나한테 신경 좀 꺼 줄래?”

“어쭈, 아주 까칠하게 구시네! 그러니까 숨기지 말고 나한테 다 털어놔 봐.”

내가 화를 냈는데도 나의 가장 친한 친구는 포기할 줄을 몰랐다. 나탕이 질문 공세를 퍼붓는 바람에 나는 수업 시작 종이 울릴 때까지 ‘에스프와르(소망)’라는 단어를 다섯 번, ‘에스페레(바라다)’를 두 번, ‘에스페랑스(희망)’을 세

번이나 말하고 말았다. 워낙 많이 쓰는 단어이다 보니 어쩔 수 없이 벌어진 일이었다. 그런데 그때마다 나탕은 자기 얼굴을 내 눈앞에 바짝 들이밀고 윙크를 했다. 이 자식이 앞으로도 계속 이런 식으로 나온다면 가만 두지 않을 작정이다.

어젯밤에 나는 《오디세이아》 5권을 끝까지 읽지 못했다. 오늘 아침에 좀 일찍 일어나서 마저 읽을 생각이었는데 그럴 엄두가 나지 않았다. 어쨌든 선생님은 우리에게 5권의 내용에 관해서는 질문하지 않을 것이다. 그건 지난 금요일에 이미 했으니까. 또 나는 지난 시간에 대답을 했기 때문에 선생님이 나한테는 더 이상 질문을 하지 않을 것이다. 그러니까 운이 좋으면 안 들키고 무사히 잘 지나갈 수 있을 거라는 말이다.

그렇기는 하지만….

선생님들은 가끔 속임수를 쓰기도 한다. 보통은 선생님한테 수업 시간에 질문을 받고 나면, 다음 시간에는 나한테 질문을 안 하시겠거니 하고 신경을 쓰지 않게 된다.

수업 시간에도 듣는 둥 마는 둥 하게 된다. 그런데 가끔은… 그러다 딱 걸리는 수가 있다.

선생님들은 특히 학기 초에 이런 속임수를 자주 쓴다. 선생님이 오늘은 나한테 질문하지 않을 거라고 굳게 믿고 있는 학생들에게 '경고하는데, 누구나 언제든 질문을 받을 수 있어.'라고 말하고 싶어서 그러는 것 같다.

물론 쉴탄 선생님은 그런 사람이 아니다. 쉴탄 선생님은 학생들이 프랑스어를 사랑하기를 바란다. 우리 모두가 그 마음을 느끼고 있다. 그래서 선생님은 '경찰' 놀이 따위는 하지 않는다.

하지만 아무리 그래도 쉴탄 선생님도 선생님이다. 다른 선생님들처럼 처음 학교에 입학한 뒤로 지금까지 단 한 번도 학교를 떠난 적이 없던 사람인 건 마찬가지라는 말이다. 그러니 우리는 만일에 당할지도 모를 일을 염두에 두어야 한다.

좋아, 좋아, 무사히 넘어가기만을 바라자….

선생님은 평소처럼 수업을 시작하자마자 칠판에 명언

을 썼다. 나는 아빠가 만들어 준 소형 카메라를 켰다. 내 노트북 화면에 선생님이 칠판에 쓴 명언이 크게 나타났다. 이번에는 그리스 철학자인 에피쿠로스다. '우리를 돕는 것은 친구의 도움이 아니라, 친구가 도움을 줄 것이라는 우리의 확신이다.'

교실 전체가 조용해졌다. 그러다 다시 웅성거리기 시작했다. 쉴탄 선생님은 잠시 동안 우리끼리 얘기를 하도록 내버려 두었다. 마침내 선생님이 말을 꺼냈다.

"누구 설명해 볼 사람?"

여기저기서 손이 올라왔다. 라파엘이 자기가 대답하고 싶다고 했다.

"저 말은, 중요한 건 친구가 우리를 위해 한 일, 그 자체가 아니라는 뜻입니다."

"그럼 뭘까? 친구의 도움보다 더 중요한 게 뭐지?"

"그건…, 그러니까 우리가 만약 친구를 믿는다면…."

"더 정확하게 말해 봐. '도움을 줄 것이라는 우리의 확신이다.' 이 말이 대체 무슨 의미일까?"

라파엘은 더 이상은 설명하지 못했다. 이어서 아바가

손을 들더니 "선생님, 제가 설명해 볼게요."라고 말했다.

"가장 중요한 건 친구가 우리를 위해 해 주는 어떤 일이 아니라, 우리가 진심으로 친구를 믿는다는 데 있다는 뜻입니다."

"잘했어, 아바. 정확했어. 좋은 분석이야."

아바는 선생님에게 칭찬을 받고 아주 많이 기뻐했다. 킥킥 웃는 소리가 암탉이 꼬꼬거리는 소리처럼 들렸다.

나는 에스페랑스의 부드러운 손을 생각했다. 에스페랑스는 오늘 아침, 나에게 별일 아니라는 듯 편안하게 도움을 주었다. 에스페랑스는 내가 신뢰할 수 있을 만한 여자아이라는 생각이 들었다. 나는 몸을 돌려서 에스페랑스를 보고 싶었다. 하지만 에스페랑스는 세 번째 줄에 앉아 있었다. 이제는 그 정도 거리에 있는 건 전혀 보이지 않는다.

선생님이 《오디세이아》를 꺼내 놓으라고 했다. 나는 얼른 아빠가 만들어 준 나만의 판본을 꺼내 놓았다. 나는 반 친구들이 차례로 돌아가며 6권에 대해 말하는 걸 들었다. 수업은 이런 식으로 계속되었다.

종이 울리고 교실을 나설 때 나는 완전히 짜증이 나 있었다. 아이들이 말하는 내용을 전혀 이해할 수가 없었다. 숲속에서 깨어난 오디세우스가 이름이 나우시카아인 아주 아름다운 공주를 눈앞에서 보게 되는 것까지는 이해했다. 그런데 그 다음부터는 온통 뒤죽박죽이었다. 빨래할 옷과 기름, 노새와 짐수레, 쑥덕공론과 여왕의 무릎을 잡아야 한다는 것까지 모르는 것투성이였다. 미리 내용을 읽지 않은 사람은 전혀 이해할 수 없는 설명이었다. 이대로 넘어갈 수는 없었다.

점심시간이 되었지만, 빵 조각 하나 먹으려고 구내식당에 갈 마음이 들지 않았다. 당장 엘리베이터 통행 카드를 챙겨서 도서관으로 갔다.

나는 크게 낙담한 채로 쿠션에 기대고 앉았다. 오전에 일어났던 일을 돌이켜 보니 참 한심했다. 하마터면 차에 치일 뻔했고, 도움을 준 에스페랑스에게 진심으로 고맙다는 말도 하지 못한 데다, 프랑스어 수업을 제대로 좇아가지도 못했다. 엄마, 아빠에게 혼자서도 잘한다는 걸 증명해 보이고 싶었는데, 오히려 자기 일을 혼자서 다 알아서 할 수 있는 사람이 못 된다는 사실만 확인한 셈이었다.

"참치 샌드위치 먹을래? 점심으로 샌드위치를 두 개 만들어 왔는데 지금은 그다지 배가 고프지 않아서 말이야."

발걸음 소리가 전혀 들리지 않았는데 어느새 스타바 선생님이 내 앞에 서 있었다. 내가 미처 대답도 하기 전에 선생님은 작은 플라스틱 가방을 내게 건넸다.

"당연히 내 사무실로 가서 조심스럽게 먹어야겠지. 알다시피 도서관 안에서는 음식물을 금지하고 있잖아."

"네…."

"그동안 난 잡지를 정리하면서 기다리고 있을게."

"네, 알겠어요."

나는 5분 만에 배를 채우고 돌아왔다. 사서 선생님은 유리창 너머를 바라보며 앉아 있었다. 선생님이 너무 골똘히 생각에 잠겨 있어서 이번에는 내가 선생님을 깜짝 놀라게 만들고 말았다. 선생님은 소스라치게 놀라며 벌떡 일어섰다.

"아, 왔구나, 엘리엇. 맛있었니?"

선생님이 아주 가까이 서 있어서 나는 선생님의 눈에 슬픔이 가득 차 있는 걸 볼 수 있었다. 나는 아무것도 못 본 척했다.

선생님은 곧 《오디세이아》를 읽기 시작했다. 마침내 나는 알키노오스의 딸, 대담한 나우시카아 공주가 두려움을 극복하고 쑥덕공론을 무릅써 가며 어떻게 오디세우스를 자기 아버지의 궁전으로 데려가게 되었는지 알게 되었다. 또 자기 어머니인 왕비가 그리스인 오디세우스에게 호의를 가지고 그의 일에 개입하도록 하기 위해 어떤 계략을 꾸몄는지도 알게 되었다. 물론 나우시카아가 이 모든 일을 그저 오디세우스를 순수하게 도우려는 마음으로 한 건 아니었다. 나우시카아는 기름을 바른 근육질의 남자가 아름다운 페넬로페와 이미 결혼을 했으며 자기 고향으로 돌아가기를 원하고 있다는 사실을 아직 모르고 있었다. 그러니까 나우시카아는 이 잘생긴 남자와 결혼하기를 바랐다. 나는 어떻게 해서 오디세우스가 어려운 일을 당할 때마다 잘 헤쳐 나오고, 왜 만나는 여자들마다 오디세우스에게 반하는지 그 이유를 정말로 모르겠다. 나의 이런 생각을 스타바 선생님에게 말했다.

선생님은 웃으면서 대답했다.

"그래, 오디세우스가 어떤 여자도 뿌리치지 못할 만큼 매력적인 남자이기는 하지."

"정말로 오디세우스가 잘생겨서 그런 걸까요?"

"《오디세이아》 어디에도 오디세우스가 잘생겼다고 쓰여 있지는 않아. 잘생긴 것보다 더 치명적인 게 있지. 바로 오디세우스가 매력적이라는 거. 책에는 그가 단단한 근육에 힘이 대단히 센 남자라고 묘사하고 있지만, 그게 여자들의 마음을 흔드는 결정적인 이유는 아니야."

"그럼 뭐가 여자들의 마음을 흔들어요?"

"오디세우스에게는 비장의 무기가 있지."

"그게 뭔데요?"

"슬퍼하는 영웅이라는 거."

"네? 무슨 그런 말이 있어요?"

"잘 생각해 봐. 미국 액션 영화에 나오는 람보는 지구에 사는 사람들 절반을 곤봉 한 번 휘둘러서 죽일 수 있을 만큼 힘이 센 사람이야. 하지만 그는 마음이 없지. 몸으로 맞서 싸울 수 있는 용기가 있으면서 슬퍼할 줄도 안다는 거, 그게 바로 힘인 거야. 그런 점에서 본다면, 오디세우스는 자신이 약하다는 것도 알고, 그 사실을 인정할 줄도 알아."

내가 선생님의 말을 제대로 이해했는지 모르겠다. 하지만 스타바 선생님이 말한 것이 중요하다는 건 알겠다. 나는 선생님을 보면서 웃었다. 선생님이 나에게 상냥하게 물었다.

"아까 여기 왔을 때 왜 그렇게 슬픈 표정이었니?"

"내가 슬퍼하는지 아닌지를 어떻게 알아요?"

"네 눈빛을 봤으니까. 왜 슬펐어?"

선생님에게 참담했던 아침나절의 일을 이야기했다.

내가 이야기를 다 끝냈는데도 선생님은 한 마디도 하지 않았다. 나는 선생님에게 내 이야기를 다 털어놓은 걸 금세 후회했다.

종이 울렸다. 나는 가방과 겉옷을 챙겼다.

내가 나가려는데 선생님이 나지막하게 말했다.

"살아가면서 일어나는 일들을 바라보는 방식은 두 가

지가 있단다. 내가 너라면 오늘을 이렇게 말할 거야. '나는 과감하게 한 번 더 길에서 혼자 모험을 했던 거고, 예쁜 에스페랑스한테 나의 약한 모습을 보인 걸 인정했고, 내가 숙제를 하지 않았다는 걸 아무도 모르게 할 만큼 충분히 약삭빠르다는 사실을 알게 됐다.'라고. 그러니까 '오늘 아침은 대단하고 멋진 아침'이라고. 게다가 그 목록에 내 참치 샌드위치까지 추가한다면…."

나는 웃음을 터트렸다. 선생님이 샌드위치 얘기를 할 거라고는 전혀 생각하지 못했다. 어쨌든 나는 확실하게 말했다.

"샌드위치는 정말로 내 아침나절을 빛나게 만들어 주었어요. 정말 최고였어요. 감사합니다."

"그럼 연어 샌드위치와 사과 타르트는 어떠니?"

"지금은 배가 고프지 않아요. 그리고 수업이 있어서 가봐야 해요."

"지금 먹으라는 게 아니야. 내가 말한 건 내일 메뉴인데 말이야."

"좋아요! 사과 타르트 진짜 좋아해요."

"마침 잘됐네. 사과 타르트라면 나를 따라갈 사람이 없지. 그럼 내일 볼까?"

"내일 만나요, 스타바 선생님."

엘리베이터를 기다리면서 나는 기분이 좋아 나도 모르게 노래를 흥얼거렸다. 이따금 내 가슴 속에서 부풀어 오르던 농구공이 사라지고, 지금은 오히려 열기구를 타고 있는 것처럼 둥둥 떠 있는 느낌이 들었다.

다른 아이들보다 일찍 교실에 왔다. 그런데 벌써 에스페랑스가 혼자서 복도에 와 있었다. 에스페랑스가 내게 손짓을 해 보였다. 그러니까 내가 서 있는 쪽을 향해 팔을 움직이고 있는 것처럼 보였다는 말이다. 에스페랑스가 머리 묶은 끈을 고쳐 맨 것일지도 모른다. 어쨌든 나는 에스페랑스가 있는 쪽으로 다가가서 말했다.

"아까 운동장에서 네가 너무 빨리 가 버려서…."

"어쩌겠어. 나탕이 너랑 말하고 싶어서 아주 안달이 나 있던데 뭐."

"그러게 말이야. 아무튼 난 정말 너한테 이 얘길 꼭 하고 싶었어. 오늘 아침에 내가 횡단보도에서 꼼짝 못하고 있을 때 말이야. 넌 나한테 엄청나게 큰 도움을 준 거야."

"그게 뭐 그리 대단한 일이라고. 당연한 거지. 너였더라도 나한테 똑같이 해 주었을 거야, 안 그래?"

"그렇지…."

"거 봐!"

그때 영어 선생님이 교실 문을 열었기 때문에 우리는 더 이상 대화를 나누지 못하고 교실로 들어갔다.

4시에 수업이 끝나고 밖으로 나오자 엄마가 학교 앞에 차를 세우고 기다리고 있었다. 엄마가 클랙슨을 울려서 자신이 있는 곳을 알렸다. 나는 다른 아이들이 볼세라 얼른 자동차 안으로 들어갔다.

"왔니, 엘리엇!"

"네…."

"오늘 학교는 어땠어?"

"나쁘지 않았어요."

"점심 때 감자튀김이 나왔구나!"

나는 큰 소리로 웃었다. 이건 내가 아주 어렸을 때부터 우리끼리 농담으로 해 오던 말이다. 점심 메뉴에 감자튀김이 나오면 우리는 그날이 좋았다고 평가한다.

"엄마는 오늘 어땠어요?"

"나도 그닥 나쁘지 않았어, 게렝 씨만 빼면 말이지."

게렝 씨는 엄마 회사 사장이다. 그는 아주 끔찍한 사람이다. 모든 걸 확인하고, 또 확인하는 성격인데다가 절대로 아무도 믿지 않는다. 자신이 고용한 사람들을 들들 볶는다. 엄마는 오래전부터 그런 사장을 못 견뎌 했다. 4년 전에는 사직서를 내고 자기 회사를 차리려고 했었다. 그런데 내 눈에 문제가 생겼고, 엄마는 그냥 회사에 다니면서 반나절 근무를 하기로 결정했다.

엄마는 디자이너이다. 옷을 디자인하는 사람이라는 말이다. 엄마는 천부적인 재능이 있다. 불행하게도 회사 사장은 엄마의 뛰어난 창의성에는 관심도 없다. 엄마에게 기본적인 디자인만을 만들어 내라고 하고, 그 디자인을 가지고 중국 공장에서 옷을 만들게 한다.

엄마가 수첩에 그려 놓은 웨딩드레스 크로키를 사장이

봐야 한다. 모두 공주가 입는 옷 같다. 나는 돋보기를 들고 엄마의 웨딩드레스 크로키를 보는 걸 좋아한다. 언젠가 엄마가 그려 놓은 옷을 실제로 만들 수 있게 된다면 좋겠다. 그때가 오면 전 세계 사람들이 엄마가 만든 옷을 사고 싶어 안달이 날 것이다.

집에 돌아오자마자 얼른 간식을 먹어 치웠다. 시간이 없었다. 해야 할 숙제가 산더미였다. 나는 내 방에 틀어박혀서 컴퓨터를 켜 놓고 미친 듯이 숙제를 했다.

저녁을 먹을 때 아빠가 오늘 학교에서 어떻게 지냈는지 물었다. 나는 스타바 선생님 이야기는 하지 않았다. '초록 불에 건너야지.' 부분도 꼭꼭 숨기고 말하지 않았다. 엄마, 아빠한테 모든 걸 말해야 한다는 법은 없다. 어쨌든 다시 집안 분위기가 좋아졌는데 그걸 망치고 싶지 않았다.

보들보들한 마음

수요일에 눈을 뜨자마자 마음이 들떴다. 운이 좋으면 학교 가는 길에 에스페랑스를 만나게 될 것이다. 그러면 우리는 잠시나마 함께 있을 수 있을 것이다.

예상대로 아빠는 자동차로 나를 데려다주려고 온갖 핑계를 동원했다. 엘리베이터까지 따라 나와 떨리는 목소리로 말했지만, 나는 딱 잘라 말했다.

"아빠가 걱정하는 건 알아요. 조심할게요. 그리고 제발 몰래 따라오지 말아요. 청록색 자동차는 눈에 아주 잘 띈단 말이에요."

"알았어. 그러면 우리 협상을 하자."

"무슨 협상요?"

"너를 학교에 혼자 가게 해 준다, 자동차로 너를 따라 가지 않는다. 대신 넌 학교에 도착하면 바로 휴대폰으로 나한테 알려준다. 어때, 괜찮은 협상안이지?"

"연락하는 건 좀 그렇지만 앞부분은 괜찮네요. 그 대신 앞으로는 나를 더 많이 믿어 줘야 해요."

아빠는 나를 꽉 껴안았다.

"네가 부쩍 자랐구나! 얼른 가라. 지각하겠다."

나는 아빠가 똑같은 행동을 두 번 하게 만들고 싶지는 않았다. 그래서 아무 데도 부딪치지 않기를 바라면서 서둘러 엘리베이터에 뛰어들었다.

거리로 나와서는 최대한 빨리 걸었다. 요령 있게 장애물을 피했다. 횡단보도에 이르렀을 때 나는 캐러멜 색 에스페랑스의 형체가 있는지 두리번거렸다.

없다….

나는 기다렸다. 신호등이 여섯 번이나 빨간색으로 바뀔 만큼 시간이 흐른 뒤에야 나는 에스페랑스를 포기하고 출발하기로 했다.

실망했다는 말로는 부족했다. 나는 지독한 절망에 빠졌다. 학교까지 터덜터덜 걸었다. 마음이 없어져 버린 것 같았다. 그래도 교문을 지나기 전에 아빠에게 휴대폰으로 연락해야 한다는 생각은 들었다. 그렇게 막 교문을 들어서는 순간, 솔랄이 자기 무리들한테 하는 말이 들렸다.

"야, 저기 장님 온다. 걔한테 눈을 사 가지고 오라고 말해 줘야겠어. 그래야 좀 덜 바보 같아 보이지 않겠냐?"

솔랄의 친구들이 배를 잡고 웃어댔다. 나는 아무렇지도 않은 척 그들 앞을 지나쳐 갔다. 이 녀석이 기분 나쁜 소리를 할 때마다 싸움을 했다면, 나는 아예 하루 종일 링 위에서 살아야 했을 것이다. 하지만 언젠가는 녀석에게 제대로 앙갚음을 해 주리라 벼르고 있다.

에스페랑스는 오늘 아침 학교에 일찍 왔었나 보다. 이미 운동장 바닥에 앉아 있었다. 책을 읽고 있는 게 분명하다. 나는 에스페랑스가 내 쪽으로 오기를 바라면서 일부러 그 애의 눈에 띄는 위치에 서 있었다. 하지만 그런 일은 일어나지 않았다. 에스페랑스는 첫 번째 수업 종이 울릴 때까지 꼼짝도 하지 않았다.

에스페랑스가 내 앞을 지나칠 때 나는 가방 속에서 뭔가를 찾느라 정신이 완전히 팔려 있는 것처럼 굴었다. 에스페랑스는 나에게 말을 걸지 않았다. 방금 학교에 도착한 나탕이 내 어깨를 찰싹 때렸다.

"안녕, 친구야!"

"아, 안녕…."

"수학 문제 다 풀었어?"

"당연하지."

"그럼 빨리 나한테 넘겨."

"그래. 근데 지금 말고 나중에. 좀 있으면 수업 종이 울릴 거야."

"첫 번째 종이야, 두 번째 종이야?"

"두 번째."

"아이쿠, 완전히 늦었잖아!"

숙제를 다 베끼려면 적어도 5분 이상의 시간 여유가 있어야 했다. 나와 나탕이 교실에 들어갔을 때는 이미 페르트와 선생님이 자기 책상 앞에 앉아 있었다. 선생님은 안경 너머로 우리를 험상궂은 표정으로 노려보았다.

"너희들은 8시 25분에서 8시 30분 사이에 교실에 들어온 것 같구나. 늦은 이유라도 있는 거냐?"

"죄송합니다…."

"뭐라고?"

나탕이 다시 말했다.

"늦어서 죄송합니다, 선생님."

페르트와 선생님이 의자에서 벌떡 일어서더니 발뒤꿈치로 교단을 쾅 소리 나게 내리찍었다. 그러고는 우리 앞으로 걸어와서 딱 멈춰 섰다. 선생님은 냉정한 목소리로 말했다.

"그러니까, 죄송하다는 거지?"

"네…, 네…." 나탕이 더듬거렸다.

"그렇다면 내가 너희들을 어떻게 해줘야 할까?"

'어떻게'라니? 우리더러 뭘 어쩌라는 걸까?

그때 교실 맨 앞줄, 문에서 가까운 자리에 앉아 있던 에스페랑스가 빨간 스카프를 흔들어 내 주의를 끌었다. 나는 측면 시력이 더 좋기 때문에 곁눈질로 그걸 보았다.

에스페랑스가 종이에 아주 크게 글을 써서는 자기 책상 위에 세워 놓았다. 나는 그 글을 겨우 읽을 수 있었다.

'우리를 용서해 주시기를 간절히 바랍니다.'

나는 그 글을 큰 소리로 앵무새처럼 고대로 읊었다. 나탕을 고약한 눈길로 뚫어지게 보고 있던 페르트와 선생님의 시선이 나를 향했다.

"아, 그래도 정확하게 프랑스어를 할 줄 아는 학생이 있구먼. 이 학생은 달랑 죄송하다는 말만 하지 않고 '용서해 주시기를 바란다.'고 말했어. 좋아, 자리로 돌아가 앉거라. 다음부터는 제 시간에 오도록 해."

우리는 얼른 자리로 가서 앉았다. 그런데 이 구제불능의 나탕 녀석이 내게 이렇게 속삭였다.

"넌 어떻게 그런 바보 같은 말을 알고 있었냐?"

"에스페랑스가 다른 애들이 보지 못하는 사이에 나한테 몰래 알려 줬어."

나의 가장 친한 친구는 킬킬대며 웃었다.

"그러니까 에스페랑스가 위험을 무릅썼다고? 페르트와 선생님한테 걸릴 수도 있었을 텐데 왜 그랬을까?"

"왜냐하면 다른 사람들과 함께 살아가지 않는다면 인간은 아무것도 아니니까…."

"달라이 라마가 쓴 책이라도 읽은 거야, 뭐야?"

나탕의 덜 떨어진 물음에 아무런 대답도 하지 않았다. 얼른 노트북을 꺼내고 내 카메라를 연결했다. 그런 다음 페르트와 선생님이 칠판에 쓴 문제들을 옮겨 썼다.

하루가 쏜살같이 지나갔다. 숨 한 번 크게 쉴 틈이 없을 만큼 바빴고, 어느새 4시가 되었다.

엄마가 오늘은 필로멘느 아줌마가 날 데리러 올 거라고, 늘 그렇듯이 나가면 교문 오른쪽에서 아줌마가 기다리고 있을 거라고 아침에 내게 말했었다.

수업이 끝나고 서둘러 학교에서 나왔다. 필로멘느 아줌마와 함께 있는 내 모습을 다른 애들이 보는 게 나는 정말 싫다. 내가 아직도 돌보미 아줌마를 따라다니는 유치원생처럼 보이는 게 싫다.

뜻밖에도 필로멘느 아줌마는 아직 와 있지 않았다. 그 바람에 나탕과 야니 패거리들과 마주치게 되었다. 그 아이들은 계속 나한테 말을 걸면서 미적거렸다. 일이 점점 꼬여 가고 있었다….

다행히 10분이 지나자 아이들은 하나 둘씩 가야 할 시간이라며 떠났다. 한 아이는 유도를 배우러 가야 했고, 또 다른 아이는 여동생을 데리러 가야 했다. 결국 나는 혼자 남아서 필로멘느 아줌마를 기다리게 되었다. 그러는 편이 훨씬 나았다.

15분이 지나갔다. 필로멘느 아줌마는 여전히 오지 않았다. 지금까지 이런 일은 거의 없었다. 혹시라도 늦을 것 같으면 아줌마는 50번도 넘게 나한테 전화를 한다. 나는 필로멘느 아줌마에게 전화를 하려고 했다.

내가 등지고 서 있는 교문 쪽에서 목소리가 들렸다. 천 명이 동시에 말을 한다고 해도 알아들을 수 있을 목소리가 내게 물었다.

"뭐야, 아직 안 갔어?"

내 마음이 보들보들해졌다. 내가 돌아보았다.

에스페랑스였다. 햇빛을 받으며 캐러멜 색 에스페랑스가 서 있었다.

“잠깐이라도 너랑 같이 가려고 기다리고 있었어.” 얼굴이 빨개졌지만 용기를 내서 대답했다.

‘돌보미 아줌마가 올 시간이 지났는데 안 오고 있어. 아줌마가 올 때까지 어쩔 수 없이 여기 있어야 해.’라고 에스페랑스에게 털어놓을 수는 없는 일이었다.

“그럼 같이 가자.” 에스페랑스가 말했다.

내가 사라지면 어떤 일이 생길지 잠깐 생각해 봤다. 내가 없는 걸 확인한 필로멘느 아줌마는 아빠에게 전화를 할 거고, 아빠는 또 엄마에게 전화를 할 거다. 그러면 엄마는 학교의 감독관에게 전화를 할 거고, 감독관은 다시 아빠에게 전화를 하겠지. 그러면 아빠는 경찰서에 전화를 할 거고, 경찰서에서는 기다려 보자고 대답할 것이다. 그러면 엄마는 아빠에게 전화를 할 거고, 아빠는 필로멘느 아줌마에게 전화를 할 거고, 다시 필로멘느 아줌마는 엄마에게 전화를….

내가 없어지면 벌어질 일을 생각해 보다가 결국 에스페랑스를 따라갔다. 우리는 아무 말도 하지 않고 나란히 걸어갔다. 네거리에 도착하자 에스페랑스가 말했다.

"그럼 내일 볼까?"

내일? 내일은 멀다. 그리고 내일 보자는 말이 학교에서 오며 가며 보자는 말일 뿐이라면 그리 내키지 않았다. 나는 용기를 내서 에스페랑스에게 물었다.

"8시 10분에 신호등 앞에서?"

"좋아. 시간 맞춰 갈게."

그리고 에스페랑스는 갔다. 에스페랑스는 몰랐겠지만 내 마음 한 조각도 가지고 갔다. 내가 가로등에 부딪쳤을 때는 다행히 에스페랑스가 돌아선 다음이었다. 그리고 횡단보도…, 쓰레기통…, 벤치….

그리고….

어쨌든 나는 마침내 집 앞에 도착했다. 나한테 열쇠가 없어서 비상 열쇠를 달라고 하려고 관리인인 로자 아줌마가 있는 관리인실 벨을 눌렀다.

로자 아줌마가 문을 열고는 마치 내가 전쟁에서 살아 돌아온 사람이라도 되는 것처럼 나를 쳐다봤다. 아줌마는 나를 와락 껴안았다. 나는 로자 아줌마가 좋다. 아줌마는 친절하다. 내가 아주 어릴 때부터 알던 사람이다.

하지만 그래도… 아줌마가 이런 식으로 애정 표현을 하는 건 익숙하지 않다.

아줌마가 비극의 여주인공처럼 소리쳤다.

"오, 하느님, 감사합니다…. 감사합니다, 하느님…. 아이고, 얼른 전화를 해야지."

로자 아줌마는 주머니에서 휴대폰을 꺼내더니 번호를 눌렀다. 나한테는 아무런 설명도 해 주지 않았다. 아줌마가 전화기에 대고 울부짖었다.

"애가 돌아왔어! 애가 왔다고! 건강하고 무탈하게…. 기적이 일어난 거야, 기적!"

어…, 기적이라니! 그렇게까지 과장할 일은 아니다. 나는 학교 수업이 있는 어느 날 겨우 800미터 떨어져 있는 학교에서 오후 4시 경에 돌아왔을 뿐이다. 아무래도 아줌마가 드라마 〈사랑의 불꽃〉을 그만 봐야 할 것 같다. 아줌마가 자기 주위에 있는 모두를 드라마에 등장하는 사람들로 만들어 버리기 시작한 것 같다.

아줌마는 계속 통화하고 있었다.

"그래, 그래, 내가 잘 데리고 있을 테니 얼른 와."

이런, 말도 안 돼…. 나는 아줌마랑 있고 싶지 않다. 열쇠를 받아서 우리 집으로 돌아가고 싶다.

보호한다는 명분을 내세워 살해할 준비를 하는 테러리스트와 협상을 시도해 본 적 있는가? 로자 아줌마한테는 테러리스트와 협상한 실력도 통하지 않는다. 나는 꼼짝없이 로자 아줌마에게 붙들려 있었다. 5분도 지나지 않아 내 앞에는 버터와 누텔라를 바른 빵과 김이 모락모락 피어오르는 코코아 한 사발이 놓였다.

'건강을 위해 밤에 지방이 많고 단 음식을 먹어라.'라고 어디에 쓰여 있단 말인가? 어쨌든 로자 아줌마의 관리인실에서는 어떤 말도 통하지 않는다.

내가 세 번째 빵 조각을 입에 넣었을 때 필로멘느 아줌마가 천식을 앓는 물개처럼 숨을 몰아쉬며 뛰어 들어왔다. 한바탕 몰아칠 감격과 흥분의 소용돌이에 휘말리지 않으려고 내가 얼른 말했다.

"아, 전 괜찮아요. 전혀 무섭지 않았어요. 사흘 전부터 나 혼자 학교에 갔었는데요, 뭐. 그래서 아무 문제없이 혼자 집에 올 수 있었어요."

"정말이야? 나를 못 만났는데도…?"

"네, 친구랑 같이 돌아왔어요."

"미안하다. 시간을 깜박했어."

"그런 건 별일 아니에요. 보세요, 지금 이렇게 멀쩡하잖아요."

"그래, 그런데 엄마한테는 뭐라고 하지?"

"엄마가 이 일을 꼭 알아야 할까요?"

로자 아줌마와 필로멘느 아줌마는 마치 내가 악마와 계약을 맺으라는 제안이라도 한 것처럼 서로를 쳐다보았다. 내가 덧붙여 말했다.

"나는 엄마가 일어나지도 않은 일로 걱정하는 게 싫어요. 엄마는 나 때문에 이미 너무 많이 불안해하고 있어요. 엄마는 모르는 편이 훨씬 낫지 않을까요?"

두 아줌마는 어떻게 하는 게 양심에 어긋나지 않은 일인지 한참 이야기했다. 먼저 로자 아줌마가 내 말에 동의했다.

"엘리엇 말이 맞아. 굳이 저 아이 엄마를 더 불안에 떨게 만들 필요가 있겠어? 엘리엇이 간식을 다 먹으면 아무 일 없었던 것처럼 조용히 올라가는 거야."

필로멘느 아줌마는 잠시 고개를 숙이고 있더니 차분한 어조로 말했다.

"그렇게 하는 게 엘리엇의 엄마를 위해 더 좋은 일이라면 그래야지…. 휴우, 다 지나간 일로 저 아이 엄마를 불안하게 만드는 건 나도 싫어."

집으로 오자마자 침대에 몸을 던졌다. 정말 조용히 있고 싶었다. 오늘은 하루 종일 험한 산을 오르락내리락한 것 같은 기분이 들었다.

무엇보다 아침에 에스페랑스를 보지 못해 실망했고, 그 다음에는 수학 시간에 에스페랑스가 나서서 곤경에 빠진 나를 구해 줘서 무척 기뻤다. 그리고 도서관에서 시간을 보냈다. 스타바 선생님이 《오디세이아》 8권을 읽어 주었다. 참 좋았다.

훌륭한 오디세우스 이야기가 다시 이어졌다. 알키노오스 왕과 친구가 된 그리스 사람 오디세우스는 다음 날 아침 광장으로 갔다. 광장에서 왕은 오디세우스가 누구인지 아직 모르지만 오디세우스가 집으로 돌아가도록 도와줄 것이라고 자기 백성들 앞에서 선언하였다. 알키노오스 왕은 신성한 음유시인 데모도코스를 불러들였다. 데모도코스는 앞을 보지 못하는 대신 뮤즈에게 매혹적인 목소리를 받은 사람이었다.

"왜 오디세이아에 나오는 예언자들과 음유시인들은 눈이 먼 사람이 많을까요?" 스타바 선생님에게 물었다.

"본다는 건 착각을 일으키고 잘못 생각하게 만드는 일이 많기 때문이야. 사람들은 눈으로 뭔가를 보면 그걸로 다 안다고 생각하지. 그러니까 이 이야기는 이렇게 말하고 있는 거야. 겉모습에 속지 마. 겉모습 너머에 있는 것을 봐. 그러려면 눈으로 봐선 안 되는 거야, 라고."

"그래도 눈이 잘 보이면 얼마나 편리한데요."

스타바 선생님은 잠시 말없이 있다가 대답했다.

"마음으로 봐야만 보이는 게 있단다. 정말 중요한 것은 눈에 보이지 않아."

"만날 때마다 저한테 이 말을 해 주는 사람이 있는데,

혹시 아세요? 제가 다니는 병원 의사 선생님인데요….”

“이 말은 그 의사 선생님이 한 말이 아니야. 원래는 생텍쥐페리가 쓴 《어린 왕자》라는 책에 나오는 여우가 한 말이야. 의사 선생님이 인용한 거지.”

“오, 의사 선생님이 사기를 치셨네요. 원래 누가 말했는지 이야기했어야지요.”

사서 선생님이 나를 보고 웃었다.

“의사 선생님은 어떤 분이야?”

“6개월마다 한 번씩 파리에 있는 병원에 가서 만나는 사람이에요. 진료를 할 때 어릿광대의 빨간 코를 항상 코에 붙이고 있어요.”

“그 사람, 참 인간다운 정이 있는 사람이구나.”

“뭐…, 내가 앞으로 전혀 볼 수 없게 될 거라고 말해 준 진짜 인간적인 사람이지요.”

“그게 사실이라면 그렇게 말해 주는 게 잘한 일이지. 그래야 네가 준비할 시간이 생기는 거니까. 그런데 넌 점자를 배우고 있니?”

다행히 그 순간에 여자아이들이 책장을 쓰러뜨려서 스

타바 선생님과 나누던 대화가 끊겼다.

점자 수업에 대해 이야기하는 건 마음이 편치 않다. 점자 수업은 시작도 하지 않았다. 물론 의사 선생님은 진료를 받을 때마다 물어보지만, 그때마다 엄마는 화제를 다른 데로 돌리고 대답을 회피한다. 엄마, 아빠가 보기에 나에게 점자를 배우게 한다는 건 '나는 우리 아들이 볼 수 있다는 희망을 완전히 버렸어요.'라는 뜻일 거라고 나는 생각한다. 그러니까 우리는 아직 기다리고 있다….

스타바 선생님이 다시 왔다. 좀 전에 했던 질문은 잊어버렸기를 바랐지만, 선생님은 잊지 않았다.

"그래서 점자 수업은 누구한테 받고 있니?"

나는 사실대로 말했다. 선생님은 내 말을 듣고 아무런 반응도 보이지 않았다.

선생님은 다시 책을 펼치고 《오디세이아》를 계속 읽었다. 그때 당대의 위대한 영웅이 한 일을 이야기하고 싶었던 음유시인 데모도코스가 오디세우스와 그의 친구 아킬레우스의 말다툼을 노래하기 시작했다. 데모도코스는 바로 자신이 노래하는 그 영웅이 그 자리에 있다는 걸 몰랐던 게 분명하다.

그리스 사람 오디세우스는 죽은 친구를 떠올리며 울기 시작했다. 그러자 알키노오스 왕이 이야기를 중단하게 하고 경기를 하자고 했다.

그 다음 이야기도 들었지만 좀처럼 이야기에 집중을 할 수가 없었다. 아직 점자를 배우지 않는다는 내 대답을 듣고도 스타바 선생님이 아무 말도 하지 않는 게 내내 마음에 걸렸다. 그래서 뒷이야기가 잘 기억나지 않는다.

그날 밤 침대에 누워서 도서관에서 있었던 일을 다시 생각해 보았다.

내 시력은 하루가 다르게 나빠지고 있었다. 감춘다고 감출 수 있는 일이 아니었다. 전혀 보이지 않게 될 날이 다가오고 있었다. 그런데 이대로 계속 점자를 읽을 줄 모르면 나는 어떻게 되는 걸까?

아빠가 지금까지 내 책의 글자를 크게 만들어 주었던 것처럼 앞으로도 내가 읽을 모든 글을 오디오로 만들어 줄까? 나에게 소설을 읽어 주고 싶어 하는 또 다른 스타바 선생님들이 나타나 주기를 기다려야 할까? 다 자랐는데도 나는 어쩔 수 없이 어린아이처럼 살아야 할까?

내 휴대폰의 암소들이 울어댔다. 전화를 받았다.

"왜? 나탕!"

"안녕, 바람둥이!"

이 말은 즉, 누군가 아까 내가 에스페랑스와 함께 집에 가는 걸 봤고 그 소문이 쫙 퍼졌다는 거다.

나의 가장 친한 친구가 말했다.

"나한테 절대로 말 걸지 마라. 이제부터 우린 남남이니까."

"무슨 얘길 하고 싶은 거야? 도무지 무슨 말인지 못 알아듣겠어."

"나 같은 거 따위는 그냥 무시해 버리라고. 네가 아주 잘한 거야. 아까 넌 필로멘느 아줌마를 기다리고 있는 것처럼 행동했잖아. 그러고는 어서 가라고 날 쫓아 버렸지. 그런데 사실은 우리를 얼른 보내 버리고 여자 친구랑 함께 가려고 했던 거지."

"나탕, 난 에스페랑스를 아주 우연히 만난 거야."

"아하, 내가 지금 누굴 말하는지 아는 모양이지?"

이렇게 우리의 대화는 시작되었다. 나탕은 나를 집요하게 괴롭혀서 내가 내일 아침 8시 10분에 신호등 앞에서 에스페랑스와 만나기로 약속했다는 걸 털어놓게 만들고야 말았다.

"예스! 넌 아주 멋진 녀석이야, 엘리엇!"

"그게 뭔 소리…?"

"내가 사진 찍어 줄까?"

"뭐라고?"

"그게 좋겠다. 파파라치처럼 숨어 있다가 휴대폰으로 찍어서 페이스북에 올릴게."

"나탕, 그러기만 해 봐. 너랑 평생 동안 말 안 할 거야."

"알았어. 그냥 농담한 거야. 진정해."

나는 좀처럼 분이 풀리지 않았다. 나의 가장 친한 친구가 자기 엄마, 아빠, 남동생, 여동생, 새 노트북 컴퓨터를 걸고 절대로 나랑 에스페랑스가 만나는 장소에 오지 않겠다고 맹세를 한 뒤에야 우리는 전화를 끊었다.

누구에게나 상처는 있다

그 뒤로 며칠 사이에 내 삶이 달라졌다. 엄마, 아빠를 설득한 끝에 나는 혼자서 등하교를 할 수 있게 되었다. 마침내 혼자 할 수 있게 된 것이다.

펄쩍펄쩍 뛰고 싶을 만큼 기뻤다.

에스페랑스는 가로등을 지날 때마다 내가 부딪치지 않도록 내 팔을 잡았다. 우리는 친한 친구처럼 무슨 얘기든 다 했다. 한 번은 에스페랑스가 자기 가족 이야기를 했다. 정말 영화 같은 이야기였다.

에스페랑스의 엄마는 원래 르완다에 살았다. 르완다는

아프리카에 있는 작은 나라이다. 에스페랑스의 엄마는 결혼을 했고 아이도 셋 있었다. 그러다 르완다에 내전이 벌어졌다. 어느 날 후투족들이 에스페랑스의 엄마가 사는 마을에 들어와서 투치족들을 모두 죽였다. 에스페랑스의 엄마도 죽을 뻔했다. 그런데 인권 단체에서 나온 프랑스 의사가 의식 없이 피투성이가 되어 있는 에스페랑스의 엄마를 발견하고 치료를 했다. 덕분에 에스페랑스의 엄마는 살아났다. 하지만 자기 가족들이 모두 죽은 걸 알고는 자기도 따라 죽으려고 했다. 목숨을 구해 준 의사가 또다시 에스페랑스의 엄마를 살려냈다. 1년 동안 그 의사는 어린아이 돌보듯 에스페랑스의 엄마를 밤새 지키며 간호했다.

“그래서 어떻게 되었는데?” 내가 물었다.

“그 의사는 우리 엄마를 프랑스에 데리고 왔고 얼마 뒤에 결혼을 했어. 그리고 내가 태어났지.”

“네가 그 프랑스 의사의 딸이구나.”

“그렇지.”

“우와, 정말 아름다운 이야기다! 너는 두 사람의 딸이라는 걸 자랑스러워해야 해."

"그게 그렇게 간단하지 않아."

"왜?"

"유령 때문이야."

"웬 유령?"

"나는 한 번도 본 적 없는 내 오빠들의 유령이지. 엄마는 지금도 밤마다 잠을 자면서 오빠들의 이름을 불러."

에스페랑스가 말을 멈추었다. 나는 에스페랑스의 손을 잡았다. 손이 축축하게 젖어 있었다. 심장이 손바닥 안에서 미친 듯이 뛰는 것 같았다.

나의 갈색 공주가 한 말이 맞았다. '다른 사람들과 함께 살아가지 않는다면 인간은 아무것도 아니다….'

에스페랑스와 함께 있지 않을 때는 도서관으로 달려갔다. 이건 아무도 모르는 나만의 비밀이다. 갈 때마다 내가 먹을 샌드위치와 디저트가 있었다.

오디세우스는 알키노오스 왕에게 트로이를 떠나온 이후 여행했던 이야기를 들려주었다. 오디세우스는 무척 힘들고 무모한 일을 했다고 할 수 있다. 한 번은 키클롭스(그리스 신화에 나오는 거인족. 이마 한가운데 눈이 있다.)인 폴리페모스와 싸워야 했는데, 오디세우스는 폴리페모스의 하나뿐인 눈을 찔렀다. 또 한 번은 모든 걸 잊게 하는 열매 때문에 부하를 여럿 잃었다. 신들이 계속 고된 삶의 길로 이끌었지만, 그때마다 오디세우스는 미친 듯이 싸웠다. 나는 적에게 맞서는 그의 용기가 마음에 들었다.

최근 들어 예상치 못한 일로 가득한 삶을 살게 되면서 나에게는 풀지 못한 문제가 하나 있었다. 그건 바로 스타바 선생님의 슬픔이었다. 선생님이 티를 내지 않으려고 온 힘을 다해 노력하는 게 느껴지기는 했지만, 스타바 선생님은 멍하니 허공을 바라보고 있을 때가 많았다. 때로는 내가 여러 가지 것에 대한 의미를 물어볼 때 빨라지는 선생님의 숨소리를 듣기도 했다.

한 번은 선생님의 개인적인 삶을 좀 더 자세히 알고 싶어서 물어본 적이 있었다. 그러자 선생님은 서둘러 나랑 하던 대화를 끝내 버렸다. 그 뒤로 나는 다시는 그런 이야기를 꺼내지 않았다. 나는 선생님에게 뭔가 말하지 못하는 슬픔이 있다고 느꼈다.

나는 우리 반 아이들이 스타바 선생님에 대해 말하는 걸 자주 들었다. 모두들 스타바 선생님이 멍하니 앉아 있거나 자기 가방 속에 있는 뭔가를 꺼내 몇 시간씩 보고 있을 때가 많으며, 도서관을 제대로 관리할 능력이 없다고 험담을 했다. 아무도 스타바 선생님이 인정이 많은 사람이라는 점을 알지 못했다.

꼬박꼬박 도서관에 간 지 어느새 한 달이 다 되었다. 그리고 어느 날 아침, 나는 중대한 결심을 했다. 점자 수업을 듣기로 마음먹었다. 이제 나한테는 확실히 책을 읽는 일이 아주 중요해졌다. 그리고 책 읽는 일을 언제까지고 다른 사람한테 대신해 달라고 할 수 없었다. 내가 점자를 배우겠다고 하면 우리 집에 한바탕 회오리가 몰아칠 것을 나는 아주 잘 알고 있었다. 그래도 어쩔 수 없었다. 모든 것에 맞설 준비가 되어 있었다. 내가 오디세우스만큼 용감하고 지략이 뛰어난 건 아니겠지만, 나도 내 온 힘을 다해 맞설 수 있다.

나는 토요일 오후가 되기를 기다려 엄마, 아빠에게 선언했다.

내가 선언한 이후에 집안에 내려앉은 깊은 침묵을 오래도록 기억하게 될 것 같다. 공포 영화에나 어울리는 죽음 같은 침묵. 나는 엄마, 아빠가 방금 들은 말을 충분히 마음에 새기고 다시 생각해 보기를 기다렸다가 확실하게 못을 박았다.

"수업을 들을 수 있는 장소와 시간표를 프린트해 왔어요. 수업료도 필요 없어요. 무료예요. 책이랑 점자 쓰는 도구만 사면 돼요."

다시 죽음 같은 침묵…. 시간이 흐르고 아빠가 자기 생각을 말했다.

"완벽하구나. 이걸 우리 아들이 다 했단 말이지. 모든 정보를 한데 모아서 만든 문서를 프린트해서 가지고 오다니. 대견하다…."

아빠가 이런 말을 하다니 뭔가 이상하다. 아빠는 방금 내가 한 말에 대해 자기 의견을 말하고 싶지 않아서 그런 칭찬을 하는 게 분명했다. 어쨌든 나는 고맙다고 말했다.

이럴 때는 엄마, 아빠의 비위를 건드리지 않도록 조심해야 하는 법이다.

엄마의 반응은 아빠와는 전혀 달랐다. 엄마는 조용히 울고 있었다. 내가 엄마 옆에 있었기 때문에 굵은 눈물방울이 뺨을 타고 흘러내리는 게 잘 보였다. 엄마가 속삭였다.

"슬퍼서 우는 거라고 생각하지 마라, 엘리엇."

"그럼 왜 우는 건데요?"

"자랑스러워서…. 네가 내 아들인 것이 자랑스럽다, 나는."

나는 엄마한테 아무런 대답도 할 수 없었다. 하고 싶은 말들이 둥그런 공이 되어 목구멍에 걸려 있었다. 감정을 주체할 수 없었던 아빠가 자기도 한 마디 해야 한다고 생각한 모양이었다.

"좋아, 이걸로는 부족하지. 내가 당장에 전화를 걸어서 점자 수업을 등록할게. 그러고 나서 책이랑 점자 도구를 사러 가자."

엄마가 눈물이 맺힌 눈으로 아빠를 바라보았다. 엄마

가 아빠한테 사랑이 가득 담긴 목소리로 말했다.

"5분 정도는 그냥 앉아 있을 수 있잖아. 점자 수업이 어디 날아가 버리지는 않아. 게다가 우리 셋이 함께 나가면 좋을 거야. 네 생각은 어때, 엘리엇? 우리랑 같이 가는 거, 너도 괜찮지?"

"그럼요, 엄마."

월요일 아침에 나는 빛의 속도로 시리얼을 먹었다. 한시바삐 에스페랑스를 만나 리오르 센터에서 있었던 일을 이야기하고 싶었다. 리오르 센터에서는 나를 아주 반갑게 맞아 주었고, 나는 금세 그곳이 아주 편안하게 느껴졌다. 미운 오리 새끼가 백조 가족을 만난 것 같은 기분이 들었다.

엄마는 나랑 같은 병을 앓고 있는 여자아이의 엄마와 마음이 통해서 이야기를 나누던 중에 처음으로 망막색소변성증이라는 단어를 엄마 입으로 말했다. 엄마가 그 병명을 말하는 걸 들은 건 그때가 처음이었다. 아빠는 당장에 센터에 컴퓨터와 관련된 일이 있으면 돕겠다고 센터장에게 제안했다.

"그래서 센터장이 좋다고 했어?" 길에서 만나 내 얘기를 들은 에스페랑스가 물었다.

"그럼. 센터장은 아빠에게 새로운 컴퓨터를 보여 주고 어떤 방에 컴퓨터를 설치해야 하는지 알려 줬어. 그래서 우린 그날 오후 내내 아빠를 볼 수 없었지."

"그때 너는 뭘 했어?"

"나는 점자 수업을 받았어. 콜레트 고등학교 2학년에 다니는 전혀 눈이 보이지 않는 고등학생이랑 같이 수업을 받았지."

"점자 수업은 힘들었어?"

"아니. 그런데 점자는 전혀 다른 글자야. 히브리어나 중국어를 배우고 있는 거랑 비슷해."

"나중에 나한테도 가르쳐 줄래?"

"그걸 어디에 쓰려고?"

"너랑 함께 점자를 해 보고 싶어서…."

에스페랑스는 속삭이듯 말하고는 눈을 내리깔았다. 에스페랑스가 나랑 아주 가까이 있었기 때문에 갈색 피부가 빨갛게 물드는 걸 볼 수 있었다. 지금이야말로 에스페랑스와 뭔가를 해 볼 순간이었다. 그걸 잘 알지만 도무지 그럴 용기가 나지 않았다.

점심시간이 되자 도서관으로 달려가 스타바 선생님께 기쁜 소식을 알렸다. 선생님은 내가 점자를 배우겠다는 생각을 하기까지 가장 크게 동기를 부여해 준 사람이다. 그래서 선생님에게 알리고 싶었다. 내가 선생님을 알게 된 이후 처음으로 선생님이 행복해하는 모습을 봤다.

선생님은 진심으로 나를 칭찬해 주었다.

"잘했어, 엘리엇. 그런 결정을 하다니 대단해. 네 삶이 바뀔 거야. 나는 네가 자랑스럽다."

"선생님이 우리 엄마처럼 말하니까 기분이 묘해요."

나는 그렇게 말하고는 곧바로 후회했다. 선생님의 안색이 갑자기 어두워졌기 때문이다. 내가 뭘 잘못 말했나? 왜 내가 엄마 얘기를 하자마자 선생님의 표정이 굳어졌을까?

그런 걸 선생님에게 물어볼 틈도 없었다. 스타바 선생님은 오늘은 아주 바빠서 책을 읽어 줄 시간이 없다고 하셨다. 그러고는 휙 돌아서더니 사무실로 들어가 버렸다.

나는 바보처럼 꼼짝도 않고 서서 선생님을 기다렸다. 선생님은 끝내 다시 나오지 않았다. 그렇다고 내가 있어서 자기 마음이 불편하다는 걸 알려 주는 어떤 말을 할 생각도 없는 것 같았다. 선생님이 사무실에 내 샌드위치와 과자를 준비해 놓은 걸 봤기 때문에 나는 더욱더 이해할 수가 없었다. 어쩌다 일이 이렇게 된 거지?

내가 계속 꼼짝도 않고 서 있었더니 스타바 선생님이 내가 있는 쪽으로 왔다. 선생님은 뭔가 말을 하려고 했다. 하지만 도무지 말이 나오지 않는 것 같았다.

나는 선생님에게 손을 내밀었다. 선생님은 갑자기 몸을 떨기 시작하더니 마녀로 변한 것처럼 소리를 질렀다.

"당장 나가! 내 말 안 들려? 나가라고! 다시는 널 보고 싶지 않아."

갑자기 도서관이 조용해졌다. 전에는 누구도 사서 선생님이 울부짖는 소리를 들어 본 적이 없었기 때문에 모두 깜짝 놀랐다. 나는 선생님에게서 눈을 떼지 못한 채 뒷걸음질했다. 선생님의 모습이 사라졌을 때 뒤로 물러서다 잡지 진열대를 잘못 건드려 뒤엎고 말았다. 나는 뛰기 시작했다.

바로 그 순간에 내가 지구상에서 가장 불행한 남자아이라고 생각했다. 그런데 그때는 더 나쁜 일이 나를 기다리고 있다는 걸 상상도 하지 못했다.

스타바 선생님에게 듣게 된 말 때문에 크게 충격을 받은 나는 무작정 계단을 달려 내려갔다. 그리고 일어날 운명이었던 일이 일어나고야 말았다. 나는 계단 하나를 잘못 디뎌서 거꾸로 굴러 떨어졌다.

그 뒤로 모든 일들이 순식간에 일어났다. 3학년 선배들이 비웃는 듯한 눈길로 나를 쳐다보았다. 넘어져 있던 나는 일어났고, 간신히 벽을 짚으면서 앞으로 나아갔다. 그러고는 왁자지껄한 소리가 울리는 운동장까지 걸어갔다. 그리고 거기서 벌어지고 있던 일을 보게 되었다.

당장에 달려가서 솔랄에게 덤벼들어 그 애가 더 이상 에스페랑스를 조롱하지 못하게 만들었어야 했다. 내가 횡단보도에서 꼼짝도 못하고 서 있을 때 에스페랑스가 나를 도와주는 게 당연하다고 생각했던 것처럼, 내가 나서서 에스페랑스를 보호해야 마땅한 일이었다. 그런데 나는 아무런 행동도 하지 않았다. 계단에서 구르면서 판단력이 흐려졌다는 되도 않는 변명을 늘어놓지는 않을 것이다. 어떤 변명도 할 자격이 없다. 나는 겁쟁이다. 그냥 겁쟁이일 뿐이다. 나는 솔랄이 하는 짓을 보고만 있었다. 그때 에스페랑스와 눈이 마주쳤고, 그제야 나는 내가 꼼짝도 않고 그 장면을 보고만 있는 걸 에스페랑스가 다 보고 있었음을 깨달았다. 그 순간 나는 이 세상에서 사라져 버리고 싶었다.

나는 곧장 교문을 향해 걸어갔다. 감독관에게 길에서 가방을 잃어버렸다고 둘러대고 학교에서 멀리, 아무 데로나 가 버릴 작정이었다.

문제가 있다면 아무리 도망치려 해도 여전히 그 문제가 따라다니는 법이다. 그 순간 내 존재를 가장 미워하는 사람은 바로 나였다. 최근 몇 주 동안 나는 내 삶이 달라질 수 있을 거라고, 내 힘으로 살아갈 수 있을 거라고 생각했다. 점자로 읽을 수 있을 거라고, 공부를 계속할 수 있을 거라고 믿었다. 어떻게 그렇게 믿을 수 있었을까?

에스페랑스와 친하게 지내면서 나는 뭘 상상했을까? 눈이 거의 안 보이는 내가 에스페랑스의 무엇에 관심을 가졌을까? 내가 이런 망상에 빠져 있었다니 미쳤던 게 틀림없다.

인정할 건 인정해야 했다. 나는 미래가 없는 불쌍한 장애인이었다.

길을 걸으며 장애물을 피하느라 몹시 피곤해진 나는 작은 공원으로 걸어갔다. 공원은 도시 사람들이 아무것도 하지 않고 조용히 있을 수 있는 최적의 장소다. 그래서 공원에는 꿈꿀 시간이 있는 사람들만 오는 것 같다. 아이들, 연인들, 나이 든 사람들처럼….

나는 벤치에 앉았다. 날이 추웠다. 갑자기 입술이 심하게 아팠다. 혀로 입술을 핥았더니 피 맛이 났다. 계단에서 넘어지면서 상처가 났나 보다. 도서관에서 있었던 일이 다시 떠올랐다. 스타바 선생님이 내게 소리를 지르던 순간, '당장 나가, 다시는 널 보고 싶지 않아!'라는 말이 귓가에 울렸다. 같은 시간대에 공기 중에 떠도는 초콜릿 섞인 달콤한 냄새 때문에 그 순간의 기억이 떠오르다니

참 이상한 일이다.

눈물이 났다. 입술로 흘러내린 눈물이 붉은 색으로 물들었다. 상처가 심하게 쓰라렸다.

내가 알지 못하는 사이에 누군가가 내 곁에 앉아 있었고, 그 사람이 내게 휴지를 건넸다. 그러더니 내게 말을 건넸다.

"미안하구나, 엘리엇. 좀 전의 일을 용서해 주렴."

나는 그 사람이 있는 쪽을 쳐다보았다. 나에게 책을 읽어 주던 선생님이 벤치에서 한껏 몸을 움츠린 채 내 옆에 앉아 있었다. 외투도 입지 않은 채로, 줄곧 달려왔는지 숨을 헐떡이면서…. 선생님이 어떻게 나를 찾아냈는지 모르겠다. 선생님은 어둠 속에서 울려 나오는 듯한 목소리로 말을 이어 갔다.

"그 애 이름은 조나스였단다. 그때 조나스는 좀 있으면 여덟 살이 되는 나이였어. 내 아들은 정말 예뻤단다. 바이올린 연주를 정말 잘했지. 난 아들의 바이올린 연주를 듣는 게 정말 즐거웠어. 선생님들 모두 조나스한테 재능이 있으니 열심히 노력한다면 위대한 바이올리니스트가 될 수 있을 거라고 했지. '너는 내 삶의 빛이야.'라고 나는 늘 아들에게 말했어. 그러던 어느 날 조나스가 병에 걸렸단다. 처음부터 많이 아팠던 건 아니었어. 그런데 점점 얼굴이 창백해졌고, 피곤하다는 말을 자주 하게 됐어. 안 되겠다 싶어서 병원에 데려갔지. 여러 가지 검사를 받았고, 백혈병이라는 판정을 받았단다. 단두대가 내 목 위로 떨어지는 것 같은 심정이었어. 나는 믿고 싶지 않았어. 그래서 다른 병원에 데리고 가서 다시 검사를 받았어. 진단 결과는 같았지. 그 뒤로 어찌나 빠르게 많은 일이 일어났는지 정신을 차릴 수 없었어. 화학요법, 무균실을 거쳐 다시 집으로 돌아왔지만 금세 다시 병원으로 가야 했어.

그 뒤로 내 아들은 계속 병원에 있었어. 나는 휴가를 내고 밤낮으로 아들을 돌봤지만, 조나스는 하루가 다르게 쇠약해졌어. 어느 날 밤에 의사가 입원실로 들어오더니 조용히 내게 말했어. '마음의 준비를 하세요….' 그 다음 말은 들리지도 않았어. 무슨 일이 일어날지 알고 있었지만 애써 회피하고 있었던 거지. 다음 날 내가 내 아

들이 누운 침대에 앉아 아들에게 키스를 하고 난 뒤, 그 아이는 날아가 버렸어. 조나스는 떠날 때 내게 웃어 보였어. 나도 함께 떠나고 싶었는데 난 여기 이렇게 남아 있지….”

“정말 슬픈 이야기네요….”

“잠깐, 아직 내 얘기가 끝나지 않았단다. 너를 처음 도서관에서 만나던 날까지 내 마음은 항상 아들의 침대 옆에 있었어. 그러다 내가 처음으로 너에게 《오디세이아》를 읽어 주었고, 그 뒤로 계속해서 그 책을 읽어 주게 되었어. 그때 이후로 너는 내게 네 삶에 대해, 세상에 대해 물어보기 시작했지. 너는 몰랐겠지만, 그때 너는 나에게 살아 있는 사람들 속으로 다시 올라오라고 조용히 말하고 있었던 셈이야.”

“그런데 아까는 왜 저한테 나가라고 하셨어요? 제가 뭐 잘못한 게 있었어요?”

“잘못한 거 없어. 날더러 너희 엄마처럼 말한다고 했을 때, 순간 내 아들이 다시 떠오르면서 내가 겁이 났던 거야.”

"이젠 무섭지 않으세요?"

스타바 선생님에 내게 웃어 보였다.

"그래. 넌 아주 인간미가 넘치는 사람이야, 엘리엇. 그 점을 절대로 잊지 말아야 한다."

선생님의 마지막 말이 내 가슴을 세게 후려쳤다. 선생님은 나에 대해 잘못 알고 있다. 나는 인간미가 넘치는 사람이 아니다. 나는 비겁했다.

내 안색이 창백해졌던 모양이다. 선생님이 내게 물었다.

"내가 뭘 잘못 말했니? 왜 그래? 무슨 일 있어?"

나는 선생님에게 도서관에서 나온 뒤에 있었던 일을 이야기했다. 이번에는 내가 지금 이러는 게 선생님 때문이 아니라는 걸 말하고 싶었다. 그래서 나는 계단에서 굴러 떨어진 뒤에 일어난 일을 두서없이 이야기했다.

"그래서 나는 운동장으로 갔어요. 아이들 대부분은 구내식당에 있었어요. 솔랄은 아니었지만. 에스페랑스가 앉아서 햇볕을 쬐며 음악을 듣고 있었는데, 그걸 보고 솔랄이 에스페랑스에게 이러는 거예요. '넌 항상 땅바닥에 앉아 있던데, 야만인이 사는 나라에서 와서 그런 거냐?' 라고요. 에스페랑스는 그 말을 듣지 못한 모양이었어요. 이어폰 하나를 빼고 솔랄에게 부드러운 말투로 무슨 말을 했는지 다시 말해 달라고 한 걸 보면요. 그런데 이 덩치 큰 바보가 주변 아이들이 큰 소리로 웃어대자 우쭐해져서 제멋대로 또 떠들어 댄 거예요. 솔랄이 크게 소리쳤어요. '알고 있겠지만 넌 땅바닥에 앉을 권리가 있어. 프랑스가 그걸 허용해 줬거든. 너희 엄마한테 가서 물어봐. 아, 이런! 너희 엄마는 미개인이지. 프랑스어를 모를 거야.' 에스페랑스는 솔랄을 똑바로 쏘아보았어요. 그러고는 한 마디도 하지 않고 다시 이어폰을 귀에 꽂았어요. 바로 그 순간에 내가 그 자리에 있다는 걸 에스페랑스가 알게 되었지요. 난 정말 창피했어요."

"왜?"

"에스페랑스를 보호해 주지 못했으니까요."

"넌 어떻게 하고 싶었는데?"

"그 자식한테 달려들어서 냅다 주먹으로 갈겨 주고 싶었어요."

"그랬다면 네가 폭력으로 학교에서 쫓겨날 수도 있었겠구나."

"그래도 상관없어요."

"훨씬 더 나은 방법이 있어."

"어떤 방법이요?"

"인종주의는 존중받을 수 있는 의견이 아니야. 법적 처벌을 받아야 하는 범죄야. 누구든 학교 안에서 인종주의적 발언을 하면 징계위원회에 회부되고 퇴학당할 수 있어. 그게 인종주의자가 응당 받아야 하는 처벌이야. 안 그러면 그걸 따라하고 싶어 하는 아이들이 생길 테니 그걸 막기 위한 조치이기도 하지. 주먹을 쓰는 것보다는 이쪽이 훨씬 유용한 방법이라는 걸 알아 둬."

"어쨌든 이젠 너무 늦었어요. 에스페랑스는 나랑 말도 하지 않으려고 할 거예요. 그리고 솔랄은 당연히 자기가 그런 말을 했다는 걸 부인할 거고요. 전 지금 죽고 싶은 심정이에요…."

"이런 게 죽을 일은 아니야, 엘리엇."

죽고 싶다는 말은 안 했으면 좋았을 걸 하고 후회했다.

나는 책 읽어 주는 선생님에게 물었다.

“선생님 생각에는 제가 어떻게 하면 좋겠어요?”

“싸워야지. 하지만 주먹으로 말고. 그보다 꾀를 써야지. 이제 그만 가자. 네가 학교 밖으로 나온 건 내가 알아서 처리할 테니까, 교무실에는 가지 않아도 돼. 넌 일단 학교로 돌아간 다음, 이런 경우에 오디세우스는 어떻게 했는지 잘 생각해 봐.”

“그 자식 눈에 통나무를 꽂으라는 거예요?”

“솔랄이라는 아이는 키클롭스보다 훨씬 작지 않니?”

“그럼 돼지로 변하게 하는 건 어때요?”

“네가 키르케는 아니잖아.”

“솔랄이 스스로 물에 몸을 던져 익사하도록 노래를 불러 볼까요?”

“네가 사이렌처럼 보이지는 않는구나. 하지만 넌 결국 방법을 찾아낼 거다.”

“방법을 못 찾아낼까 봐 겁나요….”

“글쎄, 난 오히려 네가 방법을 찾아냈을 때가 더 걱정이구나. 자, 샌드위치랑 과자를 먹으려면 서둘러야지. 네가 학교를 탈출한 뒤 시간이 많이 흐른 건 아니란다.”

학교 운동장으로 돌아갔을 때 나탕이 나를 반겼다.

"야, 어디 있었어? 너 찾으러 여기저기 다녔잖아. 어? 입술은 왜 그렇게 됐어?"

뒤죽박죽 복잡하게 얽힌 이야기를 미주알고주알 나탕에게 말하고 싶지 않아서 대충 얼버무렸다.

"계단에서 굴렀어. 그래서 보건실에 갔다 오는 거야."

"젠장. 근데 왜 나한테 데려다 달라고 하지 않았어?"

"내가 알기로는, 네가 우리 엄마는 아닌데 말이다."

"엄마는 아니지만 너의 가장 친한 친구잖아."

"그건 그렇지…."

"이봐, 친구. 잘 알아 둬. 넌 언제든 나한테 의지해도 돼. 다른 사람들과 함께 살아가지 않는다면 인간은 아무것도 아니라면서?"

"달라이 라마가 쓴 책이라도 읽은 거야, 뭐야?"

우리는 웃음을 터트렸다. 우리의 역할이 조금 바뀌는 것도 나쁘지 않았다. 내가 나탕에게 말했다.

"나 지금 가야 할 데가 있어. 수업 시작 종이 울릴 때

다시 만나자."

"왜? 아직 굴러 떨어질 계단이 더 남은 거야?"

"아니. 에스페랑스를 꼭 만나야 해."

"예스! 너 에스페랑스랑 사귀기로 했구나?"

"에휴, 맘대로 생각해라."

나는 운동장을 가로질러 갔다. 나탕은 날 계속 따라오면서 지나가는 아이들마다 붙잡고 '있잖아, 얜 멋진 녀석이야, 얘가 걔랑 사귄대!'라는 말을 끊임없이 되풀이했다.

진짜 못 말리는 녀석이라니까….

에스페랑스에게 무슨 말을 어떻게 해야 할지 모르겠지만, 솔랄에게 복수할 시간을 달라고 부탁하고 싶었다.

스타바 선생님은 문제를 해결하기 위해 뒤로 물러서 기다리는 건 비겁한 게 아니며, 때로는 뒤로 물러섬으로써 얻을 수 있는 이득을 얻고 나중에 그걸 바로잡는 게 현명하다고 말했다.

"오디세우스가 그런 것처럼, 무엇보다 전략을 짤 때는

단순하게 행동하도록 해.” 선생님이 속삭였다.

에스페랑스를 찾으려고 학교 안을 다 돌아다녔지만 헛수고였다. 어디 있는지 도무지 찾을 수가 없었다. 최악의 상황을 상상하기 시작한 순간, 에스페랑스가 가까이 있다는 게 온몸으로 느껴졌다. 에스페랑스의 눈을 보지 않아도 그 애가 지금 얼마나 화가 나 있는지 알 수 있었다. 에스페랑스는 오랫동안 한 마디도 하지 않고 나를 뚫어지게 바라보았다. 그러더니 나를 지나쳐서 가 버렸다.

내가 한없이 하찮은 존재가 되어 버린 기분이 들었다.

“우와아, 에스페랑스가 널 차 버린 거냐, 아니면 내가 지금 꿈을 꾸고 있는 거냐?”

내게서 좀 떨어져 서서 장난을 치고 있던 나탕은 이 장면을 놓치지 않았다. 절망에 빠져 있는 내 모습을 보고 나탕이 조심스럽게 물었다.

“괜찮아? 그런데 네 인생에 언제부터 무슨 일이 일어나고 있는 거야? 내가 모르는 일들이 있는 것 같은데….”

나는 나탕에게 이제까지 있었던 일을 모두 털어놓았다. 나탕은 바로 반응을 보였다.

"야, 너! 나는 너에 관한 거라면 다 알고 있다고 생각했는데, 넌 완전히 다른 세상에 있었구나."

"으, 으응…."

"어떻게 솔랄을 혼내 줄 계획인데?"

"아직은 잘 모르겠어…."

종이 울렸다. 우리는 교실로 올라갔다.

오후에 무슨 일이 있었는지는 말하고 싶지 않다. 불안하고 긴장의 연속이었던, 기나긴 시간이었다. 그동안 나는 기발한 방법을 생각해 내는 데 골몰해 있었다.

아무것도 떠오르지 않았다.

5시에 혼자서 집으로 돌아왔다.

밤새 악몽을 꾸었다. 그리고 다음 날 아침, 다시 혼자 학교에 갔다. 아침마다 에스페랑스가 늘 서 있던 그 자리에 왔지만, 내게 그 자리는 더 이상 나만의 특별한 장소가 아니었다.

오디세우스처럼 강하게

쉴탄 선생님이 교실에 들어오더니 우리들에게 조용히 하라고 했다.

"오늘은 도서관으로 가서 사서 선생님인 스타바 선생님과 '탐구' 수업을 할 계획이다. 제발 부탁인데, 자기 물건을 챙겨서 조용히 올라가도록 해."

선생님의 말에 아이들은 모두들 좋아라 했다. 뭐가 됐건 책상에 앉아 수업하는 것보다야 나으니까. 아이들과 달리 나는 기분이 좋지 않았다. 벌써 걱정스러웠다. 우리 반 아이들이 스타바 선생님을 바보 같은 말로 조롱하는 걸 어떻게 견뎌야 할지 모르겠다.

확실히 이번 주는 불행의 연속이었다.

나는 혼자서 엘리베이터를 탔다. 다른 아이들보다 먼저 도서관에 도착했다. 나의 책 읽어 주는 선생님이 문 앞에 서 있었다.

"아, 엘리엇. 기다리고 있었어. 너한테 부탁이 있단다. 아이들이 내 사무실 앞에서 떠들지 않도록 해 줬으면 좋겠어. 지금 교장 선생님이 도서 주문서에 사인을 하러 오셨거든. 교장 선생님한테 방해가 될까 봐 그래. 사무실 문 앞에 있어 줄 수 있지?"

"그럼요."

나는 우리 반 아이들이 오기를 기다리며 서 있었다. 아이들을 조용히 시키는 건 그리 수월한 일이 아닐 것이다. 분명히 한두 명은…. 그때 갑자기 번개처럼 내 머리를 스치고 지나가는 아이디어가 있었다.

일을 벌이기 위해 하나씩 준비를 한다면…? 아니야, 불가능해.

나는 오디세우스를 생각했다. 오디세우스라면 분명히

용감하게 시도할 것이다. 오디세우스라면 운명에 맞서 나아갈 것이다.

그렇다면 나도 용감하게 나아가야지.

나는 나탕이 도서관 문을 열고 들어오자마자 나탕의 소매를 붙잡았다. 그리고 나탕의 귀에 속삭였다.

"네 도움이 필요해. 나 도와줄 거지?"

"물론!"

나는 순식간에 완성한 나의 계획을 나탕에게 설명했다. 나탕이 웃으며 나를 바라봤다.

"짜식, 제법인데…."

쉴탄 선생님이 우리에게 자기를 중심으로 모이라고 하더니 앞으로 수업이 어떻게 진행될 것인지 설명했다.

"잘 알겠지만, 스타바 선생님은 사서 선생님이야. 곧 스타바 선생님이 책의 '분류 기호'와 도서관에서 책을 찾는 방법을 설명하실 테니까 그 전에 각자 조용히 책 한 권씩 골라 놓도록 해라. 잡지나 소설, 만화, 아무거나 괜찮아. 20분 동안 찾아보고 다시 이곳에 모인다, 알았지?"

당연히 모두들 좋아했다. 수업 시간이 20분 줄어들고, 20분 동안 자유를 준다는데 싫다 할 리 없었다.

나는 계획대로 착착 준비를 했다. 자리를 잡고 있는 나탕에게 신호를 보냈다. 나는 에스페랑스가 어디 있는지 확인한 다음, 그 애가 있는 곳으로 곧장 갔다. 에스페랑스는 내가 가까이 오기를 기다렸다가 내게서 등을 돌렸다. 분명히 내가 더 이상 친구 자격이 없다는 걸 내게 알리고 싶어 하는 것 같았다. 에스페랑스가 어떻게 생각하건 상관없이 나는 할 일을 해야 했다. 나는 에스페랑스 쪽으로 몸을 구부리고 속삭였다.

"네가 나한테 화가 나 있다는 거 알아. 하지만 딱 한 가지만 부탁할게. 이 부탁만 들어주면 다시는 귀찮게 하지 않을 거야."

"원하는 게 뭔데?" 한 번도 본 적이 없는 냉정한 눈길로 에스페랑스가 물었다.

"네가 바닥에 앉아서 백과사전을 읽어 줬으면 해. 저기 스타바 선생님의 사무실 문 앞에서 말이야."

"별것도 아니네. 그런데 그게 왜 너한테 도움이 되는지

모르겠다."

"날 믿어 줘."

"그건 어려울 것 같은데…."

"알아. 그렇지만 나한테 한 번만 기회를 줘."

에스페랑스는 사무실 문 앞으로 가서 앉았다. 나는 크게 숨을 들이마셨다. 이제 싸움이 시작되었다.

나는 잘 보이지 않는 눈으로 어렵게 솔랄과 그 무리들과 함께 있는 나탕의 형체를 찾아냈다. 그 아이들은 초등학생들처럼 만화책을 보며 낄낄대고 있었다. 나탕은 아무 일도 없는 것처럼 그 아이들과 어울리고 있었다. 잠시 후 내 단짝 친구의 목소리가 들렸다.

"빈 의자가 하나도 없네. 대체 어디 앉으라는 거야?"

솔랄이 주위를 둘러보다가 에스페랑스를 발견했다. 나한테는 솔랄의 표정이 제대로 보이지 않았다. 하지만 분명 웃고 있을 거라고 생각했다. 솔랄은 에스페랑스 쪽으로 가더니 말했다.

"아이고, 여기 있었네, 미개인. 넌 여전히 바닥에 앉아 있는 거야? 헐렁한 아프리카 옷을 입은 네 엄마가 문명화

된 프랑스 사람들은 의자에 앉는다는 걸 아직도 너한테 가르쳐 주지 않았나 보지? 지난번에 내가 너한테 말해 줬을 텐데….”

나는 도서 진열대 뒤에 있다가 벌떡 일어나 큰 소리로 솔랄에게 물었다.

“너 지금 에스페랑스를 미개인 취급하는 거냐? 무슨 권리로? 게다가 넌 에스페랑스의 엄마가 아프리카에서 왔다는 걸 가지고 놀린 게 이번이 처음이 아니잖아.”

순간 솔랄이 주변을 둘러보았다. 쉴탄 선생님이 멀리 떨어진 곳에 있었기 때문에 솔랄은 지금 같은 어조로 계속 이야기해도 된다고 생각했다.

“이봐, 장님. 내가 너한테 분명히 눈을 사라고 말했을 텐데, 아직도 눈을 안 산 거냐? 그러니까 네 여자 친구가 다른 사람들하고 다르다는 걸 네가 모르는 거야. 네 여자 친구는 사실 피부색이 하얗지가 않아. 그리고 난 나랑 똑같지 않은 사람은 아주 싫어해.”

교장 선생님이 스타바 선생님의 사무실 문을 열고 나왔을 때 솔랄의 표정이 어땠는지 나로서는 도저히 설명할 수 없다. 제대로 보이지 않았으니까. 대신 교장 선생님이 솔랄에게 무슨 말을 했는지는 확실히 말할 수 있다.

어찌나 큰 소리로 호통을 치셨는지 그 소리가 벽을 뚫고 나갔고, 그 때문에 학교 안에 있는 사람이라면 누구나 그 소리를 들을 수 있었을 것이다.

"나는 방금 입에 담기도 어려운 말을 들었다. 지금 넌 가장 고약한 인종주의를 보여 주었을 뿐만 아니라, 시각 장애로 고통받는 같은 반 친구를 모욕하는 말을 했다. 이번 일은 어떤 변명도 통하지 않는다. 당장 교장실로 따라오너라. 타인을 존중하라고 최근에 충분히 얘기를 했는데, 그걸 네가 완전히 무시했다는 게 나로서는 정말로 슬프구나. 아무래도 너는 처벌을 받아도 진정으로 반성하지 않을 것 같구나. 네 부모님께 너를 데리러 학교에 오시라고 연락을 해야겠다. 그러고 나면 넌 징계위원회가 열릴 때까지 학교 안에 발도 들여 놓지 말아야 한다."

솔랄은 변명할 엄두도 내지 못했다. 어쨌든 할 수 있는 게 아무것도 없었다.

곧 쉴탄 선생님이 달려왔고, 뒤이어 스타바 선생님도

왔다.

"교장 선생님, 아이들이 무슨 말썽을 부렸나요?"

교장 선생님은 자신이 들은 솔랄의 말을 한 마디도 빼지 않고 그대로 말했다. 쉴탄 선생님이 몹시 슬픈 표정으로 말했다.

"에스페랑스, 엘리엇, 이런 일이 생겨서 정말 가슴이 아프구나. 같은 반 친구가 너희들에게 그런 행동을 할 수 있으리라고는 상상도 못했다. 그리고 솔랄 때문에도 마음이 아프구나. 사람들이 서로 다르기 때문에 우리 삶이 풍요로워지는 거라고 내가 말했을 때, 난 네가 그걸 이해하기를 바랐는데 말이다. 언젠가는 꼭 깨닫기를 바란다."

솔랄은 고개를 푹 숙이고 교장 선생님을 따라 나갔다. 나는 솔랄을 따라가 아주 조용히 말해 주었다.

"내 이름은 키클롭스가 나오는 부분의 오디세우스처럼 '아무도 아니다'가 아니야. 내 이름은 엘리엇 카르팡티에야. 잘 기억해 둬. 내가 눈을 사러 갔다 올 동안에 넌 뇌를 사러 가는 게 좋겠다."

솔랄이 날 돌아봤을 때, 나는 솔랄을 마주 쳐다보며 비

웃어 주었다.

나는 눈을 반짝이며 날 기다리고 있는 에스페랑스와 마주쳤다. 나탕이 에스페랑스의 옆에 있었다. 우리의 계획을 몰래 에스페랑스에게 이야기해 준 모양이었다.

쉴탄 선생님은 손뼉을 치면서 아이들을 조용히 한데 모았다. 그러니까 방금 전에 일어난 아주 작은 사건이 큰 변화를 가져왔다는 점을 말해야겠다. 반 아이들은 솔랄의 행동에 분노했고, 격렬하게 비난했다.

"자, 조용히 해. 뭐가 됐든 미묘한 문제들을 고려하지 않고 단정적인 판단에 얽매이지 말아야 해. 다시 공부를 시작하기 전에 오늘의 명언을 말해야겠다. 오늘의 명언은 마침 지금 일어난 일하고 딱 들어맞는 거다. '인종주의는 무지와 어리석음, 모르는 것에 대한 공포 속에서 퍼진다.' 이게 바로 오늘의 명언이야."

반 아이들이 오늘의 명언에 대한 각자의 의견을 이야기하는 동안 부드러운 손이 내 손을 잡았다. 캐러멜 같은 목소리가 작은 소리로 웅얼거렸다. "의심해서 미안해." 나는 손을 꼭 잡으며 웃었다.

나는 뒤돌아서 눈으로 스타바 선생님을 찾았는데, 바로 내 뒤에 선생님이 있었다. 선생님은 나를 보지 않고 다른 데를 보고 있는 척하면서 믿을 수 없을 만큼 쾌활한 목소리로 말했다.

"잘했어, 오디세우스."

에필로그
한낮의 빛

5시에 학교에서 돌아왔는데 엄마가 집에 있었다.

"일이 벌써 끝났어요, 엄마?"

"어, 그래…. 아니, 실은 그거보다 더 좋은 일이 있지."

"그게 무슨 말이에요?"

"회사에 사표를 냈거든."

"왜요?"

"더 이상은 그런 촌스러운 사장이랑은 일하고 싶지 않아서. 그리고 내 수첩에서 잠자고 있는 작품에 전념할 때가 되기도 했고."

"정말이에요?"

엄마가 내 곁으로 왔다.

"그럼, 정말이지, 엘리엇. 이게 다 네 덕분이야. 요즘 네가 혼자서 해 보려고 고군분투하는 모습을 보면서 중요한 걸 깨달았거든. 깨달음이 있으면 행동을 해야지. 그렇지 않으면 난 정말 어리석은 사람이 되는 거야. 다시 즐기면서 살 때가 되었다고 생각해."

"정말 그렇게 생각해요?"

"그럼, 내 아들…."

"그럼 이제 우리 다시 딸기 파티도 하고 '내 맘대로 먹기' 식사도 하는 거예요?"

"당연히 해야지."

"그럼 저 주문할게요! 오늘 저녁에는 '내가 제일이야' 식사를 하고 싶어요. 그리고 다음 주말에는 캐러멜 파티를 해요."

"알겠습니다, 선생님. 그럼 파티에는 몇 명이나 초대할까요?"

"딱 한 명만 초대할 거예요. 아주 예쁜 친구예요."

어리둥절한 엄마의 표정을 보면서 나는 웃음을 터트렸다.

얼마 전부터 내 삶이 바뀌었다. 나는 그런 사실을 잘 알고 있었다. 하지만 에스페랑스에 대해 엄마에게 말하려면 좀 더 시간을 두고 기다려야 할 것 같다. 내가 한낮의 빛을 더 이상은 못 보게 된다고 하더라도 내 미래는 빛날 거라는 사실을 엄마는 이제야 조금씩 받아들이고 있는 중이었다.

결국 한낮의 빛을 보지 못한다는 게 인생에서 가장 중요한 일은 아니었다.

어린 왕자에게 여우가 한 말이 맞았다. '마음으로 봐야 잘 보인다. 가장 중요한 건 눈에 보이지 않는다.'

48pt로 읽는 아이

글쓴이 실벤느 자우이 **그린이** 시빌 들라크루아 **옮긴이** 김현아
펴낸이 곽미순 **책임편집** 윤도경 **디자인** 이순영
펴낸곳 ㈜도서출판 한울림 **기획** 이미혜 **편집** 윤도경 윤소라 이은파 박미화 김주연
디자인 김민서 이순영 **마케팅** 공태훈 윤재영 **경영지원** 김영석
출판등록 2008년 2월 13일(제2021-000316호)
주소 서울특별시 마포구 희우정로16길 21
대표전화 02-2635-1400 **팩스** 02-2635-1415
블로그 blog.naver.com/hanulimkids **페이스북** www.facebook.com/hanulim
인스타그램 www.instagram.com/hanulimkids

첫판 1쇄 펴낸날 2020년 9월 10일 **3쇄 펴낸날** 2022년 5월 3일
ISBN 978-89-93143-91-1 (43860)

* 한울림스페셜은 ㈜도서출판 한울림의 장애 관련 도서 브랜드입니다.
* 잘못 만들어진 책은 바꾸어 드립니다.